一轮澹月林梢挂，百般景物堪图画。松醪常与野人期，忘形共说清闲话。

月落林梢

丁杰 著

南京出版传媒集团
南京出版社

图书在版编目(CIP)数据

月落林梢 / 丁杰著.-- 南京：南京出版社，2024.4

ISBN 978-7-5533-4550-5

Ⅰ.①月… Ⅱ.①丁… Ⅲ.①传记文学—中国—当代 Ⅳ.①I25

中国国家版本馆CIP数据核字(2024)第014099号

书　　名　月落林梢
作　　者　丁　杰
出版发行　南京出版传媒集团
　　　　　南　京　出　版　社
社址：南京市太平门街53号　邮编：210016
网址：http:/www.njcbs.cn　电子信箱：njcbs1988@163.com
联系电话：025-83283893、83283864(营销)　025-83112257(编务)

出 版 人　项晓宁
出 品 人　卢海鸣
责任编辑　赵　菁
装帧设计　张　淼
责任印制　杨福彬

排　　版　南通韬奋印刷有限公司
印　　刷　南通韬奋印刷有限公司
开　　本　787毫米×1092毫米　1/16
印　　张　16
字　　数　115千
版　　次　2024年4月第1版
印　　次　2024年4月第1次印刷
书　　号　ISBN 978-7-5533-4550-5
定　　价　79.00 元

月亮不发光，只反射一点点太阳的光芒，但也清雅、高洁，照样给人留下清风明月、倩影婆娑的美好。人亦如此，大多数人成不了太阳，但无论皎洁抑或朦胧，都是一种景象，一种千姿百态的、顽强而生动的生命景象。甚至，没有月光的时候，依然有歌唱。

生命如歌，无论欢快的音符还是忧伤的节奏，抑扬顿挫抑或跌宕起伏，沉淀下来都是岁月的歌。

自 序

我的人生很平凡，没有感天动地的人生故事，但平凡的小事令我回甘绵长，小轶事蕴含着大道理，小故事彰显大情怀。

《月落林梢》共八章，其实仅两部分，除第五章“朝花夕拾”外，皆为我和我生命中最重要的师长、亲友、同学、同事的小故事，是对过去时光的缅怀。

“朝花夕拾”则摘编了四个微信群中的七十二段聊天记录，讲述了七十二则我和朋友们更小的故事，试图以现代网络语言来阐述传统的道德精神和文化旋律，尝试一种丰富传记文学表达手法的新形式。

这部分内容丰富、珍贵，真实地记录了群友们的情谊和情趣，深刻地刻画了他们的情操和情怀，饮尽风华，余音绕梁。虽因篇幅所限，仅选取了聊天内容的一支半节，看似散杂，却也声情并茂、色彩斑斓。

我搜肠刮肚、冥思苦想，找到诸如乐观豁达、风趣幽默、人性洞察、思想光芒等许多华丽辞藻，试图描述这部分内容，即将出版时，猛然发现整个儿其实就是一些网络段子，揶揄、打趣和调侃。但我敢说，全篇通俗但不庸俗，如果看了本书的小故事，你会明白为什么。

本书的表达形式比较多样，内容洋洋洒洒，除了回忆录和聊天记录外，还收录了包括读书心得、书序、书信以及欢迎词和史志小故事在内的多篇散文。因回忆录的空间跨度比较大，时间跨度也比较长，加之微信群聊天的随意性和开放性，全书涵盖的内容十分散杂，但形散而神不散，每一段体验和故事中皆贯穿了一个“情”字，热情地歌颂了亲情、友情、爱情以及乡情，热烈地讴歌了党的恩情。

大千世界本就五彩缤纷，五光十色。散杂，不仅绘就了多姿多彩的原本，更塑造了无数有趣的灵魂。

书中的插图是我的手机摄影，配上了古诗词以描述图片光景表达的意境，一定程度上也填补了文字以外之意象。我对摄影技巧一无所知，是个门外汉，但以几十年的生活经验，对审美还是有一些自己的理解。

万卷古今消永昼，一窗昏晓送流年。经典诗歌写于一时，却流芳百世，她凝练、深情、隽永，魅力无限，浩瀚无边。今人随手拍一张图片，定能在中华古诗词的璀璨宝库中找到对应的咏叹和刻画，因为我们中国人的“随手”，早已形成了中华文脉的“肌肉记忆”。

作为一部草根回忆录，确实也受到一定的质疑，谁人省读升斗小民的浮云朝露啊？但我不以为然。

也不至于每个人都读《忏悔录》和《鲁迅全集》，雷锋、董存瑞、刘胡兰都是普通人，他们的故事和新闻报道也未必出自大师之手笔，他们不也家喻户晓吗？真正动人的，不一定是生命的精彩和辉煌，而是生命的生动和顽强。

职位不论高低，故事无分巨细，能勾起人们回忆、带给人们启迪的，应该都是好故事。成修峰老前辈是如此激励我的。

成老是我的老领导，他的鼓励给了我出版本书的巨大勇气，现将其美文奉上，以飨读者，同时表达对他深深的敬意。

因多年少有联系，他甚客气，援用了许多溢美之词，实在愧不敢当。生活就是如此，胸中无墨的吹捧令人肉麻，有文化素养的鼓励和肯定则催人奋进，让人愉悦。

小丁：

你好！大作已拜读，这是一部佳作，读来受益匪浅。

作品布局谋篇很成功，构思巧妙，章节安排得当，遣辞富有诗意。序时叙事，脉络清晰，读者如入其境。

文字朴实，语言形象，时有一些幽默、浪漫，引人入胜。

洞察能力很强。故事中人物形象描写得体，彰显个性有如其人。

通篇真情实感。以自己的亲身经历和切身体会，歌颂了人间美好的亲情、友情和爱情，给读者以美的享受。在一个个故事叙述之后，画龙点睛，发表了恰如其分的议论，由表及里，提升到理性高度，给读者以启迪。

“朝花夕拾”，轻吟浅唱，灵动婉转，悠然而淡然。

“浅墨素笺”，饱含深情，蕴含哲理，大含细入。

“江海拾贝”，兼具故事性、知识性和思想性，表达了浓浓的家乡情。

“我从哪里来”“我到哪里去”，顺理成章，首尾呼应，给读者留下十分完美的印象。

读后，与君共鸣，勾起了本人对人生各阶段的回忆，心潮起伏，思绪万千……

但愿作品早日出版发行，给读者享受文学之美。

刘锡鹏老前辈也是我曾经的领导，他是“高工”，但我们均称呼他为“刘工”而非“刘高”，足见其和善可亲，虚怀若谷。

初稿完成后，我曾拜请赐教，他竟写下了数千字的“阅读笔记”，提出了许多宝贵意见和建议，令我十分感动。更为感动的是，他甚至以自贬深厚的才学来激发学生心中的自信，其心可鉴。现摘录几段：

花椒树的好看有主观性，建议用“煞是好看”。

文中提到的严俊，我的印象应该是计算机厂的前身——南通无线电厂计算机车间的，计算机厂1980年才建厂。

写大舅的一段中“共产党是不允许的”这句话再斟酌一下说法。

看到第五十九页，内容丰富且很丰满，一些不起眼的事件、人物也都能写得活灵活现、栩栩如生，很有看头。你的文笔不错，不愧是我们南大的，我和你一样喜欢文科却选择了理科。我这一辈子一直是个小说迷，如果不是太晚我会再看下去。

大学时那段萌萌的初恋写得非常唯美，用很少的笔墨便写出了令人感动的情节。

交通银行那段一气呵成，丰富、流畅。你以前没有机会表露，只是在微信群里看到你一点文学修为。我还真不了解你，你的文学功底令我赞叹。

看了“朝花夕拾”中的小对话真是长见识了，活泼又温馨，生气勃勃。聊天中看到你的风趣豁达，机智幽默，搞笑但不低俗，打闹而无刻薄，你的变化不小，很为你高兴。这些原汁原味且极富人情味的群聊真是太稀有了，个中你的功劳不小，看来你学理科是浪费天赋。

我年轻时风趣幽默，说相声、演小品，模仿同事、名人的方言，调回南通后一门心思搞学问，有了些名气便不苟言笑，唯一的习惯是喜欢年轻人，把大家当孩子。大家也一直对我非常好，我内心十分感激。

周勤关于文化人的说法蛮新鲜风趣呢。

给女儿的信很好，我们不强求子女，观点可以讨论。

“江海拾贝”中的小故事很小但极具代表性，南通故事很多，真正讲好、有南通特色的并不多，看来你还是下了不少功夫的。尤其是关于戏剧文学和休闲文化、刺绣、医学、佛教代表人物及相关论著的介绍，有独到之处，也反映了你的价值取向和文化积淀。

“我到哪里去”以科学的态度、哲学的思维论证了宗教现象，说理透彻，很新鲜。不把自己的观点强加于人，却给人们留下深刻的思考。

以“化蝶”结尾很浪漫，真挚的亲情和友情与凄美的爱情故事往往有异曲同工之妙。

今天把回忆录仔细看完了，意犹未尽。

退休后我主编了近百万字的书籍和期刊，看过朋友几十万字的回忆录和自传，你这个自传是上称的！语言精炼，文笔流畅，这种水平我很难企及。

看的过程中，我随笔写了点看法和想法，供你参考，我也很长时间不搞文字工作了。我说的不一定对。我只是顺便做了一次校对。

你的文字很少动，一般动过的地方我都用红字加括弧标示，如果我判断有误，把红字删除就行了。你的原文中也有红字，我没改动。有的建议写在笔记里，由你斟酌。

刘工没有说错，上中学时我的语文成绩一直比数学稳定，只因一次数学考试的超水平发挥，改变了人生。

平心而论，本书的每一章、每一节我都非常喜欢。文字萧散，字节跳动，文意和文绪在“虚实”“庄谐”之间的变或不变，还是表现了一些文科生的想象力和理科生的领悟力。

令人遗憾的是，“朝花夕拾”中的聊天记录未能以截图的形式原汁原味地呈现给读者，因为以此作为回忆录的表达方式，于国内外前所未有，闻所未闻。因行业规范等诸多因素制约，最终只能以文字摘编取代微信截图。虽少了一些生动，却也多了一份严谨，但无论花朵还是花瓣，都是曾经的盛开。

令我纠结的是，“朝花夕拾”稍显冗长，从篇幅上看，似有喧宾夺主之嫌。一方面，聊天记录真实地记录了群友们的情谊、情趣、情操和情怀，记载了我们这一代人的生活状态和人生态度。另一方面，内容的确有些琐碎和繁杂，但若过度精选，势必扼杀生趣、扼制生机，失却原生态的鲜活和生动。

其实，这是一个雕琢华美章句和完美结构与素书平凡生活和平常故事的选择，我选择了后者。

选取的每一段聊天记录，其实还是隐含了一定的思想内涵和情感寄托的，但因聊天本身并不具明确的目的性，所以表达的情感不是十分强烈，传递的思想也不是特别鲜明。但素心自此得，悠悠蕴真趣，心事浩茫连广宇，于无声处听惊雷。在最平淡的环境中，用最平实的语言，讲述的可能是最不平凡的真实，阐述的可以是最不平乏的真谛。

寸草春晖，愿朋友们读一读！孩子们读一读昔日的贫穷和童年的快乐，读一读亲情的珍贵和传承的庄重；大人们读一读工作的艰辛和成长的烦恼，读一读生活的情趣和生命的思考；崇尚文学的朋友们读一读江风海韵的故事，品一品语言之精妙；崇尚科学的人们再读一读是什么和为什么？

打开了扉页，您不妨再翻几页，没准儿您会喜欢。如您果真读到橙黄橘绿，那是我们有缘。

谢谢大家，祝朋友们快乐！

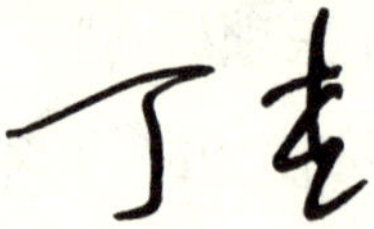

目　录

第一章 我从哪里来

月落林梢

碧水迢迢漾浅沙，
几丛修竹野人家。
最怜满秋疏篱外，
带雨斜开扁豆花。

很小的时候，我就经常告诉自己，我跟别的孩子不一样，我不是本地人，我的老家在“新华”。

习惯上，全家人管我们生活居住的地方叫“五总”，全称是江苏省南通县五总人民公社二大队十二小队，而“新华”则是江苏省南通县新华人民公社二大队二小队。两地相距约三公里，那个年代自行车极少能见到，回一趟老家可算得上是一次旅行。小时候，我经常跟着爷爷奶奶，欢天喜地进行这样的旅行。

新华老家位于雁港河西大约一华里路程，在八总路和七总港之间一块“狭脸田”的中央。“狭脸田”被两条南北向的平行小河夹着，东西宽三十多米，南北长二百五十米左右。

雁港河位于五总镇东大约两公里处，是一条南北向的“竖河”。这“总”呢，《说文解字》的解释是聚束，谓聚禾稿而束之也。古人称一束（把）禾（茅草）为一总。旧时在范公堤丈量距离时，用耐腐性较强的茅草把埋在地上作记号，以便计数。后每在“总”处修建东西向的河或路，并编上号，因此根据总的序号便可大致确定南北向的位置了。一般来说，单数为河，双数为路。其实每条路南侧也是有河的，只不过都是一些被称作“码头”的堤坝隔开的河塘。譬如五总，就有一条东西向的河，因当地人习惯将“河”称为“江”（音“港”），那么这条河便称作“五总港”。从五总港向南二百五十米左右，必有一条与之平行的路，称之四总路，再往南是三总港，然后二总路，头（一称为头）总港，便又回到十总路了，继续下去是九总港，再向南就到老家那儿的八总路和七总港了。骑岸镇境内有北中南三个循环，我家位于中八总。

老宅是三间朝南的茅草屋，西边一间向南拐过去还有两间朝东的小房子，是灶台间和吃饭的地方。灶台间后面的“西沟”（西河）很窄，河里长满了芦苇，东岸水边种有几株茭白，表哥表姐们采一些回来生吃。在吃饭间南侧河边，长着一株硕大的皂荚树。据说皂荚熟了，采下可用来洗床单、蚊帐，起洗涤剂的功效。我特别想知道洗涤的效果如何，但只要我们回老家，姑妈绝不会安排费时费力的家务活，故未曾见证过皂荚的神奇。皂荚树下是一株花椒，树枝上长满了刺，秋天花椒红了，煞是好看。

出灶台间向东，经明堂间、东房和茅厕过，便到“东沟”（东河）了。东河更宽一些，河边安装了便于洗菜的“水桥”，饮用水也取于此。

隔东西小河相望，住着郁家和葛家。只要一回到老家，奶奶便热情地跟他们打招呼。郁家东面是一位叫马毓兰的邻居，奶奶让我叫她“干娘”。一次，干娘将我领回家，将煎鸡蛋加上糖给我吃，啊，太好吃了！后来，这辈子再没吃过如此美味的鸡蛋，至今忘不了。相声大师刘宝瑞的“珍珠翡翠白玉汤”，说的大概就是这个意思，童年的记忆，有些真的永远都无法磨灭。

正屋后面是一个较为宽阔的鱼塘，称为“园沟”。园沟的东南岸边长着一棵十分高大的银杏，据说是我的曾祖父种下的。听大人们讲，站在骑岸镇的闸桥上，便能看到我家的银杏树。姐姐结婚前将树伐了，制成两套银杏木家具，有五斗橱、台箱和板箱，给她们做了嫁妆。

房屋前方是农田，向南不远便到七总港了。这个地方四面环水，俨然一个小岛，不知祖上有没有请先生看过风水选中此地，反正我是很喜欢。

农历癸卯年三月十七（1963年4月10日），我就出生在这里，吃过早饭以后的时间出生，是辰时。

听爷爷说，我们祖上也是富裕人家，由苏州迁徙而来，我是迁徙南通后的第十八世孙。爷爷是给我讲过始祖名字的，但因那时很小，忘了。

据史料记载，家乡丁氏后裔主要为丁其祯的后代。丁其祯是姜太公的儿子吕伋（谥号丁公）的八十一世孙，因避黄巾起义之战乱，从苏州阊门外来到江北。因他是定居石港场的第一人，故被称为丁氏“第一世祖”。丁其祯来石港后娶妻妾九人，因此，丁氏后裔有去五总西的“九母坟”上坟祭祀一说。随着后代不断繁衍，又有了“九总丁”“十总丁”和“板桥派”“石洞派”的说法。我家应该是丁其祯的长子丁普成的后代，属“九总丁”。

爷爷小的时候，族里修过一次家谱。祭祀活动很隆重，家族祠堂在现十总镇骑岸西部的于家园。

我的曾祖父叫丁盛山，单传，无兄弟，听母亲说很慈祥，特别疼子女。别的关于他的传说就没有了。曾祖母姓陈，我的奶奶和母亲也都姓陈，母亲嫁来时便有三代与陈家“做亲”一说。说来真巧，爷爷的妹妹嫁了陈姓人家，奶奶的妹妹又嫁了一个姓丁的，母亲嫁过来的时候，爷爷奶奶大概会以为是上苍的安排吧，一定很高兴。

我的爷爷叫丁有生，农历丙午年正月十五（1906年2月8日）生。自打我有记忆起他身体就不好，高血压，动脉硬化，经常头晕不能参加生产队的劳动。因此只能干些家务活，负责给全家人做饭。爷爷年轻时是替别人做鞋的鞋匠，应该是较早的小手工业者了。我小的时候，经常有邻居来我家借鞋楦，爷爷总是热情接待，大方地借给他们。后来借的人越来越多，一些人借后总忘了还，反正自己暂时不用，爷爷也不愿意拉下脸来催着要，鞋楦便越来越少了。记得我们家原来是有一大筐的，2016年回五总老家整理老物件儿，未见一个鞋楦，余下的估计都被父亲扔了。

爷爷喜欢甜食，秋冬季节经常蒸一些红薯、胡萝卜吃。那年头，粮食十分紧张，他多吃一些粗粮便省下了细粮，家里其他人便可稍微吃好一些。爷爷非常喜欢我，每每赶集都要等到礼拜天，带着我一块儿去。但那时特别穷，爷爷大概也没有钱，所以我不记得爷爷特意给我买过什么。

我们家七口人，爷爷奶奶、爸爸妈妈、两个姐姐和我。姐姐还上学的时候，只有母亲一人参加生产队劳动挣工分，父亲是大队干部，自然是满工分的，但每到年终决算时，父母亲一年的工分钱抵扣掉七个人的粮草后总是“透支”，而且透支额还很大，常高达一百多元。因为父亲的影响和我家在队里良好的人缘，透支部分生产队总会减免掉。可能队里也实在没办法，若不发口粮没准儿真就饿死人了，因为即便全额发放了，也是不够吃呀。接不上茬的时候，一日三餐稀粥，吃了一会儿便又饿了，真的是上顿不接下顿。

真的不能忘记关心和帮助过我们的队里人。如果没有他们关照，我们家会有更多的日子喝粥，我肯定也长不到现在这么高。

我的奶奶叫陈桂芬，农历丁未年五月十八（公历1907年6月28日）生，很清秀，非常有气质，想必年轻时是很漂亮的女人。她特别爱干净，无论多旧的衣服，都洗得干干净净，穿在身上自然也是清雅脱俗。洗菜时，每片叶子都拿起来对着太阳光照，唯恐有菜虫漏网了，因此她干活的效率便可想而知了，听母亲说，奶奶也经常因此备受其母亲责备。但奶奶确实是一位了不起的女人，善交际，对谁都十分热情，而且见什么人说什么话，这不是说她世故，而是说她情商高，善解人意，总是给人留足面子。

奶奶有主见，爱憎分明，因此必然是一家之主，家中大小事务均须征得她的同意。那年队里有位后生特别喜欢大姐，虽经多方撮合并展现了极大的诚意，然而就是无法通过奶奶这一关，最后只好作罢。不仅如此，其家人及撮合者大概因为打一开始未先征求奶奶的意见，不够光明正大，再未得到奶奶的待见。

奶奶患有肺气肿病，因为那个年代缺医少药，没办法得到很好的治疗，经常咳嗽。临去世前几天，姑妈找先生算了一命，先生说，不要紧的，是羊掉山谷里了，叫几声就会好的（奶奶是1907年生人，属羊）。据推算，她可以活到八十三岁。

只能说这位先生水平不高，我从不否认“算命”这一职业现象。我没有算过命，是因为我不相信自己会轻而易举地遇上一位高水平的先生，所以就不算了，免得徒增烦恼。

奶奶快不行了的时候，需要通知姑妈，我自告奋勇地去报信。在五总和新华毗邻的头总港河面上，架着一座三块水泥板搭起来的桥，很长，但只有一块水泥板宽，既然已经走到这里了，尽管心中害怕，也是不能再回头了。

姑妈见是我一人去的，知道情况紧急，立刻赶来。第二天奶奶便撒手人寰了，享年六十六岁。那年我十岁。

肺气肿病可能在我们家有遗传，父亲晚年也患有较为严重的肺气肿，我的肺功能似乎也不是太好，抑或跟我们家吸烟的传统有关。听母亲说，她当年嫁来时，我们一家四口抽烟，爷爷奶奶、爸爸和姑妈抱着水烟筒轮换着吸，已经到了水烟筒放不下的地步。不知什么原因，后来先是爷爷不吸了。父亲直至肺气肿病非常严重时，实在不能吸了，才戒了烟，来烟瘾时便吃一块糖。后来又发现患有糖尿病，不能吃糖，他便严格控制，以至于有一天发生了低血糖昏迷，幸亏120来得及时，送金沙人民医院抢救过来了，那大概是2003年。

我家的水烟筒是白铜的，各部位的尺寸比例非常合理。奶奶每天将其擦得锃亮。因此，看上去很协调、很舒服，拿在手上的手感也特别好，难怪大人们爱不释手了。

看大人们吸烟，每吸一次，水烟筒便咕噜咕噜地发出好听的声音，然后从嘴里吐出烟雾，悠然自得。我便乘大人不在时，偷偷地吸了一口，结果将黄黄的、辣辣的烟水吸进嘴里，特别难受，以后便再未吸过水烟，至今亦不知这水烟该怎么吸。

我家有一对瓷质的帽筒，是用来储存点燃烟丝的媒纸条的，制作的工艺十分精湛。我将其陈列在客厅的香几上。这种器物现在已经很少见了，来我家就能看到。

除了吸烟带来的快乐，我家传统的文化生活便是打长牌了，据说也是全家皆兵的。“文革”期间是禁止打牌的，因此从未见爷爷奶奶打过。

20世纪70年代末拨乱反正，彻底结束了十年浩劫，南通长牌的传统文化终于重见天日，父亲打牌的才能得以充分展示。他打牌时，将牌插得颠三倒四，一般人看都看不懂，但就是不影响出牌和和牌，有时还将牌拢上，称拢叶子（南通长牌起源于唐朝，起初叫叶子），大概是显示从容和淡定吧。即便其儿媳继承了打牌传统并达到相当的水准，但也是无法进入他的那种境界。

我的父亲叫丁国锦，农历己巳年十月廿三（1929年11月23日）生，据说小时候读过十年私塾，但就是成绩不好，是经常要被先生打手掌心的，除了成绩不好，可能还有些调皮。

他的能力其实挺强，1960年只身前往五总公社二大队任党支部书记时也才三十一岁。

二大队辖二十三个小队，大约三千人，耕地面积三千多亩。在高度计划经济的年代，农业生产皆由大队组织，更为重要的是还要抓革命和维护社会稳定。1960年其实就是新中国成立以后的第十一个年头，社会仍然处在巨大的变革之中，又恰逢三年严重困难时期，到处饥荒，是饿死了人的！农村不只是穷人遍地，更有能人、强人。在如此复杂的情况下坚持过来，是要有一定的胆识和气魄的，确实不容易。

继任支书叫孙育金，是父亲一手带出来的干部。但父亲还是耿耿于怀，认为自己是特殊年代的受害者，经常抱怨未给其落实政策。有什么政策好落实呢？就一大队支书，又不是走资本主义道路的当权派。再说了，你不也是革命委员会主任（相当于现在的村主任）吗？我们承认那是一个特殊的历史时期，当时的政治生活和社会秩序并不正常，但长江后浪推前浪、一代新人换旧人是一个亘古不变的历史规律。

父亲一生很苦，未享过一天福。因爷爷奶奶身体不好过早地丧失了劳动力，尚须抚养我们姐弟三人，家庭负担十分沉重。父亲的大队工作本已十分繁重了，但他还是谋了一份“放水员”的兼职，其职责是观测水稻田供水的水位是否达到标准，达到了便关闸停止供水。因电灌站二十四小时工作，所以父亲夜间须到田头巡看，得不到良好的休息。直至姐姐参加队里劳动挣工分了，奶奶和爷爷相继去世以后，家庭经济状况才稍有好转，然后渐渐地偿还所欠的债务。

负债来自两个方面。一是接待，迁来五总后我们家住在大队部，每次来领导，奶奶总要热情地留饭，那时的大队部通常都设有供销社的代销店，平日赊账买点鸡蛋、黄酒啥的，年底结账一看，竟然是一笔很大的费用。二是补房屋差价，因我家占用了大队部，大队干部们也不能长期在我家办公啊，须盖新队部，便只能将我家老宅拆来重建，但老宅的价值不及原大队部高，所以要补一定的差价。

听母亲说，债务高峰时超过一千元。我家最大的债权人葛萍是十七小队会计，为人热情和善，十分干练，其夫王葛泉是公社的土管员，他们一家给予我家的帮助是很大的。大概因工作关系，王葛泉经常来我家，来了以后不仅不哄人，还时不时地刁难我，在我还学算术的时候，他出数学题让我做，真是不想看见他。多年以后，我在台商支行工作期间，途经其子办的工厂时去看过他一次。他见到我的那种亲切和高兴劲儿，真是发自肺腑，很难用语言来形容。其子葛红兵在印刷行业发展，企业做大后将著名国企南通韬奋印刷厂给私有化了，小有一些名气。

直至大学毕业那年，母亲告诉我，欠别人家的钱全都还清了，我也长长地舒了一口气。

不欠钱了，父母又折腾着盖新房，但因我家住的大队部是1958年时建的。当时有消息说公社可能不让建，于是盖房的行动方案提前实施，吃完晚饭动工，次日天明时分房屋就竣工了，但因赶工未及加高房屋基础。后来搞农田基本建设，房屋两侧的小河均被平整为农田。问题来了，每到雨季室内便面临进水的威胁。我参加工作时，大学毕业生的工资还是相对比较高的，经我赞助，很快在距原址不远的西北河边建了新房，现在是我的五总老家。我的童年是在五总度过的，后来考取大学离开了故乡。那里是我的根。

我的母亲叫陈秀慧，大概是取秀外慧中之意吧，农历丙子年二月十七（1936年3月10日）出生于一个相对富足也是书香门第的家庭。我的外公是办私塾的，但母亲小时候还是被送到学堂去读书，以接受更为良好的新式教育。十分遗憾的是，母亲读四年级时土改将外公家土地和房产的所有权给改了，母亲因此辍学。因家庭突遇变故，生活十分窘迫，母亲十三岁便嫁与了父亲，他们的婚姻，同情可能更多于爱情。

猛然，浮想联翩。父亲读了十年私塾，外公和他是否有师生之缘呢？想必外公的名号是如雷贯耳的。但在革命的年代，谁愿意将阶级敌人的小姐娶回家呢？父亲所追求的可能不是功名，而是心中的崇敬和对贤良与清正的欣赏。

母亲十分善良朴素，勤俭节约。她不善言辞，似乎也讲不出什么大道理，她能教我的永远是要好好念书不要骄傲，要听话不要调皮捣蛋。其实，从小到大我一直是品学兼优的好学生，并不用母亲操心，但绝少听到母亲的夸奖，尤其当着别人的面是绝对不会的。

我的性格其实受母亲的影响很大，善良，内敛，不张扬，不太喜欢抛头露面，因而也比较保守，缺乏年轻人的想象力和冲击力。

中国传统美德的内涵是十分丰富的，不可能每一个中国人具备所有的传统美德，但每一个中国人的优秀品质全加在一起，就构成了中华文明。

第二章
江风渔火

月落林梢

渡水复渡水，
看花还看花。
春风江上路，
不觉到君家。

一、张家沙的陈家

听母亲说，骑岸镇东一公里外的张家沙，从前有两个庄园。北园的主人陈锡范是她的爷爷，为当地闻名的医生，但只坐堂不出诊。南园的主人陈锡岩是其叔爷爷，是替人家看风水的。兄弟两人均育有三子三女，我的外公是大房里的老四，是第二个男孩。

外曾祖父有钱，仅靠土地的租金便足以让全家人过上丰衣足食的生活了。他经常跟孙辈们讲："我替别人看病、开处方，从不收钱！我不是行医，我只是给乡亲们行方便。"用现在的话来说，他是承担了一定的社会责任。

母亲的奶奶张桂芳，其娘家是大地主，张家沙（现十总镇张沙村）即因他们家而得名。张家祖先张象九系崇明人，乾隆年间来范公堤外谋生，替邱姓人家看管荡田，后邱氏另去异地，荡田归为张家所有，遂成了富甲一方的大地主。因此张家沙很小区域流行的“沙地话”跟崇明话非常相近。

张家一子四女，不愧是当地的大户人家。据说每个女儿出嫁的嫁妆是八千步田。我也不清楚八千步田究竟有多大面积，反正就是有钱。有钱人家的女儿找个好医生嫁了，也是一个合理的选择。张桂芳排行老三，四妹更厉害，夫家号称骑岸的“汤半镇”，母亲回忆起童年去姨奶奶家的情景，那是一脸的幸福。

我一直很好奇，这八千步田究竟是多少面积。据清华大学彭林教授在《中国古代礼仪文明》系列讲座中解说，古人将一步宽、一百步长的面积称为一亩，折成正方形是每条边十步。据此，八千步田是很大的一片。

我的外公名箴，字石君，年轻时就读于南通师范学校，毕业后在家办私塾。

据说外公给学生上课不收学费，大概是传承了祖上的家风家训。教书不是他的职业，只是他的理想。到了过年，想必学生家长的红包也是收一些，教书育人总得体现一下自身价值吧，中华文明发展至今一定是历史的传承，是可以追根溯源的。

《通州历史文化概览》是一本记述通州历史文化的百科全书，全方位记述了通州社会、经济、文化发展历史，书中唯一记述十总、骑岸地区教育史的仅“张家沙贤达办学，口碑甚好”一处。虽无具体人物记载，但不难想象，外公可能就是在张家沙的教育界颇具声望的“社会贤达”。他早年就读于南通师范学校，接受新式教育和新思想启蒙，自觉成为张謇先生“教育救国”思想的捍卫者和践行者。

外公十分有书生气，家中大小事务皆由外婆操劳，连换洗衣服放哪儿都得外婆替他找，恐怕也是四体不勤五谷不分吧。外公是谦谦君子，温润如玉，因此对子女的管教并非十分严格。大概他也明白，凭一己之力的居家教学无法满足孩子们学习、锻炼和成长的教育要求，因此，选择了将子女全都送去上学堂，而不是自己教他们读书识字。我的大舅就是在金沙读中学时，投奔新四军参加革命的。

外婆徐金英，娘家人大多从医，其后人至今仍有许多从事医务工作。五总医院徐育的父亲徐国民是母亲的大表哥，但徐育比母亲还大一岁呢。母亲有两个舅舅，三个姨妈。

二姨父是在南通当律师的，因此全家居住于南通，母亲儿时到南通在姨妈家住过十多天，每天坐黄包车跟着去买菜，好不风光。据说她的姨表哥王乃久，那时就是南通医院的名流了，后来担任过南通市第二人民医院院长。

徐家后人跟我家往来较为密切的，仅有母亲的二表哥徐国华。表舅看上去十分干练，以前在五总公社中药店工作，我家若有大小活动他必出席。来后的第一件事便是抱起我亲一下，因此我很喜欢他。但他深得奶奶的宠爱，却十分难得。后来方知，原来他是父母的婚姻介绍人。

外公的哥哥名谟，字允嘉，早年毕业于复旦大学，后南下广东追随孙中山革命，据说曾担任过国民政府肃纪科科长，中山先生逝世后，因党内斗争激烈，遂回到家乡任石港区区长。在任区长时，热衷公益和社会建设，铺路修桥办了许多实事。政治上应该是比较开明的，没有血债，因此，他在“文革”中未被揪出来批斗而得以善终。

他一生无子，在任石港区长时领养了一女，即我后来的陈贤姨妈。

陈贤姨妈对我很好，关心照顾，尤其在我参加工作前后，给我许多教导，也付出了很多心血，是我生命中最重要的亲人之一。

姨妈的母亲系张桂芳娘家侄女，因张家的家风和大小姐的跋扈，对子女管教十分严格，因此姨妈是在正言厉色中长大的。后来她常说“棍棒之下出孝子”，可能说出了当年的心声。当然，在她的养父母晚年，她是付出了心血尽了孝的。

张家后人大多从事教育工作。新中国成立后，姨妈的舅舅曾出任江苏省高教局长。

新中国成立前夕，姨妈去石港找到亲父母，四次登门跪求相认，均遭拒绝。一气之下，去扬州第三野战军华东医院参军，渡江战役时高烧不退，加之年龄又小，才十五岁，便被送往地方学校学习。毕业后，在南通市人民政府参加工作，和姨父相识并相爱。曾在南通医院工作过一段时期，后长期担任南通纺织工学院医务室主任直至退休。

姨父严志迅更是出生于具有优良传承的文明世家。其父为晚清秀才，后出任南通师范学校督学，相当于现在的教务主任。大哥严志达是毕业于清华的留法博士，是与华罗庚、陈省生有过许多合作和交集的著名数学家，中国科学院院士。二哥严志道早年参加革命，新中国成立后在文化部工作，后出任江苏省文联主席，其笔名白德一，应该有一些作品流传于世。外甥女顾秀莲曾担任江苏省省长、全国人大常委会副委员长，大概比他也小不了太多，但辈分很高。20世纪80年代，陈贤姨妈送父亲一张顾秀莲与其全家的合影，爸爸小心翼翼地放在相框里挂在家中很多年。

姨父1949年9月30日参加工作，因此是我国最后一批离休干部。1957年下放到白蒲中学教书，落实政策后成了南通纺织工业学校的数学教授。他为人和蔼，似乎永远都在微笑。他不太讲话，但始终都认真地听，只有谈到他非常熟悉的话题时，才会发表自己的见解，是一个非常严谨的人。

令人遗憾的是，姨父在其身体状况十分良好的情况下意外离世。应该是2016年春节前吧，我去看望姨妈的第二天，姨父跟往常一样去跳老年舞，后来下起了大雪，姨妈在家等着不见姨父回家，大家出去找寻，竟发现姨父倒在路边永远地“睡”着了。

严俊表哥是1958年生人，高中毕业后分配到南通市无线电厂工作，恢复高考后于1978年被南京大学天文系录取。读大学的时候，我们计算机系住五舍，天文系住七舍，和表哥碰见过几次，因那时大家学业都比较紧，除了在路边关心地勉励几句便再无别的联系。

表哥临毕业时，姨妈来学校，原准备带着表哥和我去章德家让校长看看两个孩子。待到其家门口，她又改变了主意，让我们在外面等着，她独自进去了。很遗憾我未能见到我们尊敬的校领导。

在1978级的学生中，严俊表哥年龄是比较小的，和当时很多大龄学生相比，看不出他一点儿的过人之处，个头不高还长一些络腮胡，真是其貌不扬。但每当姨妈讲到他时，总是滔滔不绝，神采飞扬。真的，表哥后来正如她希望的那样有出息，出任国家天文台台长，成了国家探月工程首席科学家，担任“中国天眼”总指挥，主持开发了世界最大的五百米口径球面射天望远镜，荣获了国防科技进步特等奖、国家科技进步特等奖。

姨妈的女儿叫陈萍，其老公孙毅是泰州人，原为南通大学教师，后调南通市房管局工作。很健谈，应该是一名社会活动家。

外公的弟弟名康，字达武，十分精明，起先贩卖红木家具，赚了点钱以后便开办了油米厂、织布厂，还提炼薄荷油，搞起了实业，算得上早期民族工业者了。

外叔公生了十二个孩子，长子早亡，次子少小求学离家便再未回过，再次回到故土的是其子女捧着的骨灰盒，据说是特殊年代于沈阳自杀的。因我家跟外叔公及其子女从无联系，并不知道具体原因，但知道他一定是有知识、有思想、有血性的铮铮男儿，虽未谋面那也是堂舅，我为他自豪。

三女儿陈雨顺与母亲同龄，一同上学，一起的玩伴，据说陈贤姨妈的父母逃亡时，就是她俩去陪伴，感情较深。母亲四年级时因外公家被土改而辍学回家，但外叔公家因人口多而逃过一劫，陈雨顺得以继续读书，后来成了一名人民教师。

外叔公十分幸运地未被划为富农，但不富裕的生活真的也很不幸。困难年代，因孩子太多实在没办法养活，他便领着其中四个背井离乡到新疆去谋生，不想将孩子们留在新疆他自己却回来了。不知堂舅们可安好，祖国的边疆建设和民族团结一定记着你们的功劳。

母亲的大姑和三姑所嫁的“张家”和二姑所嫁的“邢家”均为当地的名门望族，经济条件均优于外公，其后辈大多受过良好的教育。

母亲的堂兄妹、表兄妹特别多，后来均无联系。随着时光流逝，当年的光景已经一去不复返了，但母亲一直没有忘记他们，经常会提起。

小时候去大舅家，母亲和舅妈想瞻仰一下已成为新华人民公社敬老院的老宅子。行前十分谨慎，做好预案，以防被问及身份，绝不敢暴露自己曾是这里的主人，唯恐被扣上想变天的帽子，其实就是忘不掉童年的一段记忆。

陈家老宅是为中国革命作过贡献的。抗日战争时期，张家沙是抗日敌后根据地，中共南通县委常驻于此。母亲还记得，很小的时候咱的队伍便经常来家中住营，战士们抱着哄她玩，那是“军民鱼水情”。

父亲从未去过大舅家，因为他是共产党员、大队支部书记，必须划清界限。其实，大舅参加革命比父亲还要早很多。

大舅陈松龄，不善言辞，小时候我让他讲他的故事，可他讲两句就讲完了。他讲过的片段归纳起来大致是这样：1941年，大舅在被日军占据的金沙四维中学读初三，南通县警卫团周一峰政委亲自到学校将他及几名同学领出来，送往新四军苏北公学学习，毕业后被分配至新四军第四纵队任文化教员，同时负责对俘虏的日本兵改造，当然也参加过很多次战斗。

他去过天目山，他们所在部队在粟裕将军指挥下创建了苏浙军区天目山革命根据地，开展抗日斗争，他参加过孝丰战役和新登战役。

1945年抗战胜利，为避免内战实现国内和平，根据党中央决定，长江以南的新四军全部撤往苏中地区。四纵在完成掩护任务后最后撤离，为了避开国民党江面封锁，他们选择深夜登船渡江，由于风大浪急，满载新四军指战员的“中安号”轮船沉没，包括四纵政委韦一平在内八百多人遇难，这就是著名的“中安轮沉船事件”，是我军历史上牺牲人数最多的非战斗减员。大舅因未能挤上中安轮便搭乘了一条仅载十几人的小船，成了这一事件的极少数幸存者，因此，他一直觉得自己是非常幸运的人。

新中国刚成立时，大舅在南通市公安局工作，每天骑着自行车，背着匣子枪，吸烟，戴手表，好不风光。可是，面前的大舅千真万确就是一位老实巴交的农民。母亲说，大舅因双胞胎表姐出生后不愿意在外漂泊而放弃了工作，我一直将信将疑。一次去看陈贤姨妈，她给我讲了大舅后来的故事，我相信那是真的。

当年，因为大舅妈的表哥插足了大舅和大舅妈的关系，从而激怒了大舅并动了枪。

一时冲动，大舅本该一片光明美好前程就这样毁了，后来他沉默寡言，可能跟这一事件有关系。２０世纪８０年代以后民政部门有政策，像他这样的老荣军每年也给发一些生活津贴，晚年生活还算较为安逸，最终于八十九岁离世。

我结婚后大舅来过一次南通，我将一本全面记述新四军发展壮大历程的新书给他看。他爱不释手，如获至宝，我便送给了他。

从一名青年学生走上革命道路，怀的是一腔爱国热情，在当时的战争环境下，他们不可能全面了解各个时期的时局、斗争形势和方针策略，每天在战斗，但不知道仗为什么是这么打的，相信他看了这些书就明白了。

不知为什么，我总想象他一遍又一遍地翻着我送他的书，从书中他肯定又看到了当年峥嵘岁月的战火硝烟，又听到了战友们响彻云霄的震天呐喊。选择了革命，就是将青春和生命交给革命，要像蜡烛一样，燃烧自己，贡献一生的光明。

大舅没有后悔过，他一直为走上革命道路而自豪和光荣。他后来生了三个女儿和一个儿子，分别起名为陈美华、陈丽华、陈玉华和陈建华，可能也包含了对伟大祖国的深深热爱和祝福吧。许多年后，他对年轻冲动带来的境遇也看开了、释怀了，但对三位表姐和小青表哥命运的影响是永远无法挽回的，不得不说是极大的遗憾。

小舅陈鹤龄，大母亲五岁，母亲最崇拜他了。上学时，从不见其做作业，但总是考第一。他特别贪玩，但玩得很有品位，冬天在家扎风筝然后拿出去放，春天爬树摘桑叶养蚕，观察和研究蚕的生长过程和生长习性，夏天出去捕青蛙，然后剥下皮来制作二胡。

他未拜过老师，但笛子、二胡、扬琴等只要是民族乐器都会几曲。看看木工做家具便学会了木工活，看看竹匠干活回家便做起了淘箩和竹篮。书法也很棒，困难年代，每逢春节便在家写春联让人拿去小镇卖，以补贴家用。动手能力特别强，可能是陈家人有这样的基因。外叔公是这样子的，大舅家的小青表哥也是这样子。

小舅二十岁当教师，先后担任过五总、陈窎、北渡等多所小学的校长，在三尺讲台上辛勤耕耘了四十一年，于1991年光荣退休。恰巧其子石欣荣在石港中学任教，一家三代当老师教书育人，还是不多见的。

石欣荣随小舅妈姓，是我石港中学的同班同学，大学毕业后任石港中学教务主任。妻胡鸣娟是石港中学高级教师，其子东南大学毕业，现为国家公务人员。

女儿陈云芳现居住于石港镇，其女南京航空航天大学毕业，后去乌克兰留学，现供职于华为，女婿是博士。

姨陈秀丽小母亲四岁，与姨父丁建川同龄，育有一子丁锋和一女丁美芳。女婿徐春光是建筑界业内精英，为人热情爽朗，特别珍惜我们的亲情。外甥徐进伟，子承父业。

二、烽烟九总桥

新中国成立前，当地人称新华老家一带为九总桥。九总桥是那里的地标。

九总桥也是一个象征，象征着一种精神，一如家乡人民在历史大潮中奋勇搏击、饱经洗礼的沧桑，虽不显巍峨高大却巍然屹立。战争年代，先辈们纷纷投入历史洪流，多少人主动投身，又有多少人被动卷入，已很难区分。

祖父兄弟二人，有一哥哥，我至今不知道他的名字，因为战争年代走了错误的路，全家人均对其讳莫如深，我从未听提及。

大爷爷育有四子一女。

长子丁国彪，早年参加新四军，进抗大九分校学习后打入国民党军队搞地下工作，临解放时随部队去了台湾。特殊时期，部队上来调查过他的材料。只听闻其化名薛震西，我们未获取其他任何消息。为此，其家人及父亲向有关方面多方查询，均未得到回复，杳无音信，估计早已不在人世了。

我一直在想，战争年代隐蔽战线的斗争形势那么错综复杂，大爷爷的所作所为会不会跟大伯父有关呢？历史永远是一个无法解开的谜，只有谍战剧的编导才有可能还原故事始末。

次子丁国权，娶妻蔻莲，后因病早逝，蔻莲只能带着一子一女改嫁。女儿成人后嫁了一名军人，转业后在南通县人民政府工作，有一定的社会地位，加上她在同辈中最为年长，因此大家均称她为“大姐姐”。儿子丁汉杰原为民办教师，改革开放后民办教师得以转正，晚年生活较为安逸。

老三丁国英，小父亲一岁，嫁给下放在五总八大队的姑父葛茂林，因迟迟未得生子便领养了一个女儿，不想后来自己又生一女，20世纪80年代有政策，其中一个子女可以顶替就业，他们将这个机会给了大女儿。大女儿葛吉云和丈夫殷国华后来兴办了一家小型化工企业，应该是改革开放后先富起来的一批人。他们夫妇十分好客，特别宽厚。其女葛敏敏毕业于南京师范大学，现执教于南通中学。小女儿小云之女葛枢枢读高中时恰巧与我女儿同班，重亲情，特侠义，经常在班里保护她的妹妹，我的女儿。

老四丁国枢，一子两女，小女婿葛建国是我的高中同学。老五丁国华和丁国枢均居住在老家，但只有去丁国英姑姑家时才能见到他们。丁国华无论相貌还是身材，和父亲特别像。

爷爷还有一妹妹，名字不详，全家人皆称其为瞎子姑奶奶。据说当年姑爷爷被日本人抓去，毒刑拷打，被抓后的第七天便被折磨致死，姑奶奶成天以泪洗面，不久双眼就看不见了。父亲在世时，和陈汉义、陈汉德表叔往来较为密切。

父亲还有一干爸，叫羌步桥，据说我出生时是干奶奶接生的，因此干爷爷非常喜欢我，我也觉得他们都特别亲。干爷爷个儿不高，很有风度，一身气宇不凡，上窄下宽的脸显得很慈祥。我结婚的那天，爱人周勤第一次见到他，说在哪儿见过似的，像个老干部。是的，他本该成为一名老干部的，抗战初期便参加了革命，据说后来有过一段自首的经历，因此也与“老干部”称号失之交臂。

只要我家有活动他必出席，一年元宵节，和干奶奶一起住在我家好些天。干爷爷育有六子一女，个个都是彪形大汉，可能是因为干奶奶身材高大的缘故，我的二姐是拜其长子为干爸的。

只能说父亲太不走运了，伯父有阶级路线问题，堂兄是海外关系，岳父母为富农分子，还拜过一个自首过的干爸，而他自己竟然干着共产党基层战斗堡垒的支部书记，复杂的社会关系或多或少影响了他的进步，现在觉得他真的不容易，特别伟大。父亲本该是投身革命的，当年推荐他当刘光的勤务员，是奶奶死活不同意，耽误了他的前程。的确，他是有条件的，年轻，穷苦出身，充满朝气和革命精神，还读过十年书，有党领路，前途一定很光明。是奶奶目光太短浅吗？也不尽然。大爷爷、姑爷爷、干爷爷的命运历历在目，堂伯杳无音信，她又怎能让自己唯一的儿子离开自己呢？

我的家乡是一个英雄辈出的地方，在抗日战争、解放战争时期，中国共产党便宣传、发动和领导当地人民同日本帝国主义和国民党反动派进行了不屈不挠的英勇斗争，那儿留下了粟裕、陶勇、梁灵光等许多老一辈革命家的足迹。我们南京大学的老校长、原党委书记章德先生也曾在我的家乡战斗多年，很多老人见过他，在五总二大队一个叫雁头口的地方，五总人民救过他的命。

家乡无数先辈，纷纷投入了革命的洪流，深刻地影响了每一个家庭。我们无法用现今的立场观点评价每一个历史的人物，我们只能记住和怀念那故去的一代人。

三、十总店记念

十总店不是一家店，而是一排店，也算得上是一个规模不大的镇子。奶奶的娘家在店东紧邻镇区，姨奶奶家住在店东北一公里左右的十总店郊区。小时候去得最多的地方就数十总店了，但每当走到距店仅百来米的那个路口时，便被大人们撵着改变方向，心里总是非常失落。大人们讲去十总店，都意指去十总店郊区的姨奶奶家。

奶奶的父亲陈金广，早逝。母亲黄氏则享高寿，晚年由奶奶和姨奶奶轮流赡养。隐约记得黄氏去世时的场景，在姨奶奶家的“虎山头”屋内，举行了一些悼念活动。奶奶和姨奶奶特别亲，姨奶奶是妹妹。姨公公早年过世，我家奶奶当家，不亲也难。奶奶育有一子一女，父亲和姑妈，姨奶奶生了三个儿子，每逢春节便五家人轮回走动。每次去姨奶奶家，她总是在出家门很远的地方迎着，等我们到了，又继续在路上来回踱着等姑妈，因为姑妈的动作总是很慢，无论去哪里都是姗姗来迟。

姨奶奶的长子丁燕泉，育有两子一女，老二大我一岁，我出生后他们前来“看产妇”，我吃的第一口奶便是大婶的，因其夫妇均属狗，据说“兔”和“狗”属相相配，我便顺理成章地拜他们为干爸干妈了。

干爸特别喜欢孩子，性情十分耿直。听说奶奶去世时，不知哪项仪式存有瑕疵，干爸十分不满，大发雷霆，指责表哥未能将后事料理得圆满。其实，仪式也没那么重要，大概是心中的悲痛需要找到一个宣泄的出口。

在当时的条件下，奶奶的治丧活动还是十分隆重的，两百多人参加了当天的追悼仪式。农村办丧事的筵席要用方桌，八人一桌，我家办了三十桌。一个偶然的机会，我翻看了奶奶治丧的号簿，最高者五元，一般为二至三元，个别一元，最少的六毛，比较真实地反映了南通农村２０世纪７０年代的消费水平，这也是我对“钱”形成概念和兴趣的最早记忆。

奶奶生前对我十分溺爱，稍一离开她的视线便喊着我的乳名满世界地找。我感觉就像一只生活在笼中的鸟。奶奶去世后我一下子便长大了。那年的夏天，母亲育来用于种自留地的红薯苗有富余，我便拿到一个叫双墩的小镇去卖，五分钱一把，一个早集居然卖了十把。及上初中时，偶听得有老师每月工资五十七元，着实令我十分惊叹。

二叔丁燕如，从当大队支部书记起，到公社党委书记，再到十总区委书记，一路顺风顺水，所到之处也做了一些实事，深得领导喜爱和群众认可。既然是为人民服务，当然不能缺了我们这个大家庭的人民，包括我家、姑妈家的子女乃至子孙，均得到他很多关照和帮助，因此二叔在家中的威望很高。

二婶曹雪莲，精明能干，操心操劳也热心热情，自然成了维系大家庭的核心。不幸的是五十多岁被发现患了乳腺癌，与癌症斗争了十多年，过早地离开了我们。

二婶晚年的时候，特别喜欢周勤，而且是年纪越大越发地喜欢。从亲属关系来讲，她算是姨婶，但在她心中我们比亲侄子、亲侄媳还亲。有一件事至今令我非常遗憾，也是二婶耿耿于怀的，那就是姨奶奶去世时我们未尽到礼数，让二婶失望了。姨奶奶生了三个儿子没有女儿，农村人讲究儿女齐全，便将父亲和姑妈同养女待。姨奶奶去世时，由于父亲和姑妈均不在了，按农村的习俗我和姑父是要行女儿的礼数的，由于当时考虑不周，只是表哥表姐以及我和我姐六人集体办了一个祭祀礼，事先也未想到和二婶沟通，因此辜负了二婶的期待，当然也违背了姨奶奶和奶奶心愿，每次想起来总是十分愧疚。

以前，每次去二婶家，姨奶奶都非常高兴，年轻人打牌时，她总是选边站队，在“周群”身后看牌。我好像又看到了奶奶，要不是过早地离世，那儿站着的肯定是奶奶。我坚定地相信灵魂的存在。那些离开的先人就在我们身边，他们的世界和我们的世界相互交织，只不过我们无法看到他们。灵魂脱离了肉体就是一种升华，也许他们能看见并保佑我们。因此，我郑重地对奶奶和姨奶奶说一声，我的血管里流淌有你们的血脉，愿你们保佑。还有二婶，您就是我的亲婶婶。在此，也让我对每一位已经故去的先人和依然健在的亲友们说一声，你们都是我生命中的亲人和贵人，是我一生的缘分，我爱你们每一个人，生活中有失礼和得罪之处，请你们一定要包涵，我真的爱你们。

二叔的大女儿丁云芳，大我一岁，漂亮能干，淑质英才，王熙凤有的优点她都有，王熙凤有的缺点她没有，因此王熙凤的贾府止不住地败落，表姐却将他们家盘点得蒸蒸日上。姐夫季红兵，大概是搞建筑挖到第一桶金，然后投资东源电器和上海房产成功，成了家乡少有的有钱人，为人低调，宅心仁厚，总以助人为乐。外甥丁振家，据说小时候很调皮，真正了解他是女儿出国前在上海新东方学习时，住姑父浦东办事处的时候。他十分绅士，处处表现出大哥对小妹的关心和照顾，情商很高。振家后来找复旦法律系叫倩儿的女生结了婚，倩儿的爸爸是企业家，全家很早就移民加拿大了，因此振家的两个孩子都是在加拿大出生的，据说准备生第三胎。

二叔的二女儿丁云芬，生性热情豪爽，因长期任十总镇党委副书记，大家均称其为“丁干部”，但她始终能和人民群众打成一片。其夫丁迎青，智商高，情商更高，出道很早，二十多岁时便担任大集体企业的厂长了。女儿丁浩现在已是上海人了。

三叔丁燕会中年丧妻，子女均在外打拼，生活稍显清苦一些。

我的姑妈丁国平，除了相貌、心血管疾病等生理基因遗传了爷爷的因子外，性格特征完全得到奶奶的真传。待人接物温良恭俭，情恕理遣，更比奶奶少了一些锋芒，大凡与她接触过的人无不认为她和蔼可亲，她深得亲友信任和尊敬。唯其两个缺点，一是做事的效率低下，二是对姑父要求太高，气上心头便要向奶奶控诉姑父的“劣迹”。姑父周锦汉，小姑妈四岁，因为姑妈对他的要求很高，经常表现出一些不满，因此奶奶、姨奶奶甚至父亲，反正姑妈的娘家人对其均不待见。尽管如此，只要姑妈回娘家，他是绝不会缺席的。爱屋及乌，姑妈喜欢的他就喜欢，因此姑父对我总是喜爱有加。

姑妈晚年因高血压中风瘫痪，至去世前后十多年，全赖姑父精心照料，有时姑妈还要性子发点小脾气，姑父也绝不会给脸色。年轻时吵吵闹闹，动起手来的时候也有，但自从姑妈中风以后，姑父便像是换了一个人似的。以前姑妈去哪儿他都跟着，到姑妈哪儿都不能去了便守着，数十年不离不弃。姑妈去世后，他成了连接我们两家的纽带和督察，无论我家还是他家有任何活动，他一定会叮嘱子女参加，绝不允许缺了谁。

姑妈的大女儿周霞，据说很小的时候便是我家常客，是外公外婆和舅舅舅妈的掌上明珠，无论什么好事儿都轮到她。成人后嫁了十总镇附近的人家，老公葛祥原在部队当兵，转业后曾在南京化工学校校办厂当供销员，后调回十总钙塑厂工作，很不幸该厂在改革开放后破产了。葛祥为人十分机灵，勤快能干，讨人喜欢，更可贵的是总让着老婆，孝敬老人。父亲对他也是喜爱有加，总感慨自己女儿的命不如别人好。

葛祥育有两女敏慧、敏华，不知是遗传了外婆还是父亲的基因，从小聪明伶俐，十分懂事，招人喜欢。敏慧在东源电器从事技术工作，敏华在通州城管上班，其夫姜小国在政府工作，曾任通州区主要领导的秘书，后担任国家级开发区南通高新区管委会副主任，但没有当官人的架子，尊敬长辈，是奶奶这一房后辈中最有出息的。

老二丁飞，未读多少书，从小就特能吃苦，娶妻曹平，二窎人氏，子女在金沙工作。

丁飞之下是有个老三的，小学四年级时患白血病离世。恰恰老三在校时成绩又特别好，深得老师喜欢，这也成了姑妈很多年心中迈不过去的坎。

小女儿周燕，大我一岁，儿时跟我一起玩的时候老犯错，经常受批评，其夫丁永国在建筑行业发展得不错，女儿在交通银行上班，是我十分信任的同事。

我的大姐丁霞，1953年7月28日生，初中毕业后回乡务农。大姐年轻时应该是非常聪明伶俐、活泼可爱的，哪儿有新生事物出现，哪儿就可以看到她的身影。她是大队文艺宣传队队员，经常参加各类文艺汇演。她当妇科医生助手，积极参与公社计划生育。奶奶去世的那天，她在邻村的卫生站，没有见到奶奶最后一面。大队开始搞副业，她又去采中药、养蘑菇，当是农村最活跃的一类青年人。最让我佩服的是，大队刚买第一批手扶拖拉机时，她便成了女拖拉机手。农忙季节夜间耕地，田间一片漆黑，有时还下点毛毛细雨，她一人驾驶拖拉机在田间穿梭，地头孤坟阴风嗖嗖，河边的野鸟一叫令人毛骨悚然，但她不怕。那个年代真的是锻炼出一代铁姑娘。

大姐很喜欢我，直至今日，每当我回老家去田间劳动或动手干点体力活时，她便跟身旁的人说："瞧他，哪有干活的样子。"然后就来替我干了。这几乎成了几十年的生活定式。大姐夫高建铃，原在十总镇财政所工作，公务员退休。为人以慎为键，不善言辞，朴素节俭，生活中贯穿了财务工作者的审慎和严谨。

外甥女高小丽，1978年生，因从小家中过于疼爱，性情十分温顺，独立性不太强，虽不算情商很高的那种，跟舅舅舅妈还是很亲的。外甥女婿蔡国华当过兵，在大熔炉里锻炼了十年，见过一些世面，比较机灵，所到之处很讨人喜。刚退伍时舅妈让他去火车站派出所帮忙，他有模有样地在公安局里开始交朋友。后来舅妈推荐去南通电信，没几年居然成了所在部门的领导，带起了一百多号工人，在他们那一辈是能力比较强的。他们的女儿高语潼，是我看着长大的，十分可爱。三四岁时，每见我开车回去，总是第一个跑出来，打着手势，嘴里不停地喊着，指挥我倒车，让人忍俊不禁。小时候在她喜欢的人中，我一直是排名第一的。

二姐丁芬，1956年4月5日生，初中未毕业便辍学去大队砖瓦厂制砖。那是十分辛苦的体力活，不但辛苦还很危险。一天夜里，大家已经熟睡，突然雷声将人们惊醒，二姐翻身便往外跑，她要赶到一公里外的制砖厂将白天制造的砖坯盖上防雨盖。不一会儿便电闪雷鸣，下起了大雨，她们制造的砖坯肯定损毁了，万幸的是，我的二姐毫发无损。二姐对所有的人都特别真诚，讲究礼尚往来，但苦于经济条件不是太好，生活比较清苦。二姐夫徐建华为人豪放，对人大方，熟悉他的人也都说他好，缺点是有时太豪放。

有一年，二姐家的房屋因邻家小孩玩火给烧了，一时难以新建。小外甥女徐艳，在她很小的时候，便一直与外公外婆一同生活，直至上学，和外公外婆的感情是比较深的。儿时有一种超越同龄孩子的懂事和能干，现在可能表现为比较独立和能吃苦吧。生育较晚，她家阳阳和我们的外孙女悠悠同龄，是2013年的。其夫四十岁意外身亡，十分遗憾。

四、遥望港的水比血浓

遥望港是一条河，但此地本无河，是兴修水利挖了河，这里本无水，有了河便有水了。人亦如此，世上本没有无缘无故的爱，但只要你播撒的是友善的种子，开出的一定是友谊之花，才能收获人间大爱的硕果。不需要同等付出，但需要同等的全心全意，感情之河便波光粼粼、源源不绝。

曹永兵本是通州东社人，兴修水利的年代，来五总参加遥望港建设工程，不想和一胡姓女子产生感情，入赘其家并育有一女，但不久便离婚了。不知何故又回不了原籍，父亲见其举目无亲，无处栖身，便让他住到大队部来，同吃同住，渐渐地成了兄弟。

我们从老家搬迁来五总，曹永兵推着独轮车，一侧坐着多病的爷爷，一侧坐着“娃儿窝”里的我，是他将我们爷孙一路推来的。从此，他成了我们的家庭一员，直至两年后有了新的归宿。

因为奶奶喜欢他，便让我叫其“干爸”，这一叫便是五十四年。2016年干爸去世，其亲生女儿仍不肯相认，按老家的习俗，干儿子代行了女儿的礼数。人，真的就是一种缘分，父亲和干爸原本素不相识，命运使然，他们成了兄弟。于是，干爸将爷爷奶奶视同亲父母，在他们在世时，菽水承欢，十分孝敬，去世后每年上坟祭祀，以表怀念之情。姑妈上了年纪后数次未来上坟，父亲颇有微词，但干爸从未缺席。

干爸再婚后育有两子严建国、严建旗，皆随母姓。建国从小温顺，那年我放假在家，干爸前来和父亲商量，考虑让其跟邻居学道士，父亲不赞同，遂读了通州建校。建国毕业后，虽不断地变换工作单位，但所到之处均深受老板信任，后来更是有老板直接和他合作，令其当上了老总。建国读书不多，想法很多，礼数很多，为人处世令人十分称道，用温良恭俭让来形容，应该是再贴切不过了。建国夫妇无论是对我们的理解和尊重，还是与我们的友情和亲情，皆令我们全家十分感动。这样的兄弟胜过亲兄弟。

父亲去世时，干爸十分沉痛，全家前来吊唁，我主动对干爸说，让垚垚做我的干女儿。因父亲生前多次跟我和周勤说，干爸想让建国的女儿垚垚拜我们为干爸妈，但我们在外工作，感觉跟时代精神不太合拍，一直没有表态。但就在那一刹之间，我好像突然明白了情感是超越时代的存在，周勤或许并不太理解我的这种情感，但是，望着这一家人善良、纯朴的面孔，她什么都明白。我相信，情感不但可以穿越时间，也一定能够穿透空间，在另一个世界，父亲一定很高兴。

还有几位长辈令我无法忘怀。

孙育金父母早亡，家中兄弟五人，其为长兄，是他将四个弟弟养育成人的。孙育金能力不凡，父亲从支部书记岗位上退下来时，是由其接任的，父亲对他也算有培养之恩，因此跟我家关系较为密切。

父亲晚年时，曹永萍任大队党支部书记，她在精神和生活上均给以父亲极大的关心和照顾。其夫丁俊酷爱教育，甚至将自家的住房无偿供大队办学校，我便是在他家里上的小学一、二年级。丁俊曾与顾浩有过一段共事经历，后来顾浩出任江苏省委副书记，据说是他找顾书记陈情，得以开办了五总公社成人教育学校并出任校长。

葛德盛原为公社卫生院派驻大队的医生，因大队的医疗工作十分繁重，一度把我家当食堂，但不久便被调回公社卫生院。此人人高马大，比较有个性，不奉承，不说假话，有时甚至会跟领导理论点是非曲直，有一些知识分子的孤傲不羁。调到公社卫生院后，每年都去看望父亲，哪怕在退休以后亦是如此，直至父亲去世。父亲生前经常念叨他的好。

葛金怀是南通市歌舞团保卫干部，当年国营单位安保人员的社会地位还是很高的，完全不同于现在的保安。他生性开朗，结交甚广，社会活动能力很强。只要回五总老家必请大队干部吃饭，然后赠送一些扑克牌之类的市场上无法采购的内部物资。不知什么渠道，他能弄到从马路边梧桐树上修剪下来的树枝，每年租船从南通运回老家，分送大队的干部们。要知道，那个年代不仅粮食不够吃，做饭的柴火也是不够烧。

父亲与其特别投缘，记得小学时跟父亲去过一次南通，即住他处，他带我看排练、看动物园，哄得我非常开心。可惜后因家庭矛盾自杀了。父亲十分悲痛，在家中摆上酒杯和水果祭祀，以表怀念之情。

父亲不善交际，但还是以他的真诚赢得了朋友，他也很努力地工作，但未能收获到进步。这些知心朋友应该是他最大的安慰。

五、厂北二队和八厂街

我和周勤是1990年结婚的，从此融入其家庭，她的亲人亦成为我的亲人。我的岳父周步胜是1931年7月19日生人，老家是八厂乡厂北大队二小队的，因此常说自己是“厂北二队”的乡下人。这其实是个土地情结、家乡情结。现在那里高楼林立，早已分不出二队和三队了，但只要一提到“八厂老家”，那种家乡情便油然而生。

岳父从小家境贫寒，20世纪50年代初于公安局参加工作，因工作努力，进步很快，60年代便任新城桥派出所所长了。大概因为家庭出身好，工作认真负责，处事小心谨慎，遂被调市委做政治保卫工作，1963年已是市委政保工作小组成员了，而后长期担任市委及市政府保卫科长，最终于南通市人民政府管理局人事保卫科长岗位上退休。

因长期在政府机关工作，有一定的权力，人脉甚广，加之性情温和也富同情心，他帮过很多人。周勤高考后本已录取常州财校，但她不喜欢会计类工作，岳父便安排她进了公安局。

岳父七十三岁被发现患有膀胱癌，与病魔斗争了十年，于2013年去世，终年八十三岁。

岳父的姐姐育有两子四女，妹妹是一子一女。岳父重情，在世时对姐妹家是有所接济和帮助的，在其家中地位极高，姐妹及其晚辈们个个都感激他泽深恩重，但不知何故，就是跟咱家不亲密。大表哥的儿子徐建军有几个公安局的朋友，因此和姑姑有一些共同话题，二表哥的女儿学校毕业后想进公安局工作，找过周勤，其余均无太多联络。在南通本地，跟咱家交往最为密切的是周勤八厂街的两位姐姐。

20世纪60年代，周勤的爸爸在市委工作，妈妈在友谊服装厂上班，工作都很忙。周勤幼小蒙岳父的堂兄周步鳌夫妇精心照料，上幼儿园托班时便开启了住校生活，每周仅回家一次，见一下岳父岳母。上小学时，因学校不接受住校生，周步鳌夫妇便让周勤住在八厂街他们的朋友家。

该家庭男主人徐恺，在南通县粮食局工作，平日不回家里住。女主人叫殷如璋，因她家在新中国成立前是开猪行的，新中国成立以后便在供销社当营业员卖猪肉。殷如璋十分侠义、豪爽，极其能干，虽处社会底层但朋友很多，特别热心帮别人的忙。

殷如璋的大女儿殷菊芬，大周勤十五岁，小女儿殷菊星大周勤十岁，另有一位殷如璋表妹的孩子周青，大周勤一岁，跟周勤同在城中小学上学，就这样五个女人组成了一个家庭，相依为命，感情很深。周勤很多思想都受到这个“妈妈”的影响。

非常遗憾的是，殷如璋六十多岁因患癌症过早地去世了。殷如璋的死对周勤产生极大的震撼，她无比悲痛，因为这是她最敬佩、最敬重，也是最爱护她、给她最大精神安慰的人。

周勤没有像大多数孩子那样得到太过多的母爱，一出生就被送进育婴堂，是岳父将她从育婴堂抱回来的。

因为岳父岳母均工作繁忙，且不会带孩子，因此，周勤幼小时很难像普通孩子那样尽享舐犊之爱。直至我们的女儿出生以后，这个家终于像大多数家庭一样，其乐融融。

岳父去世后，周勤鼓起勇气拜访了当年可能知情的多位长辈。陈美玉大姐还陪同她一起去了民政局福利院，查阅了大量保存尚且完整的档案，在那里找到了一份领养人为“五人小组”的档案。周勤确认那是她的，但关键的线索还是断了。不知当年育婴堂的工作状况，想象市委去育婴堂抱走孩子，算得对育婴堂的支持，想必“五人小组”对档案工作有任何指示，育婴堂是要遵照执行的。当然，也可能孩子本身就没有完整的档案。

据档案记载，周勤应该是出生于1963年9月12日，但在革命的年代，岳父则是选择了十月革命纪念日即11月7日作为她的生日，也许是为了切割过去的苦难，喻义孩子从此获得了新生。

岳父不愧为老公安，保密工作确实做得细，即便周勤渐渐长大后，也从未听长辈们讲过儿时的故事，只有听过同学们的议论，那个孩子是从育婴堂抱回来的。

其实，现在我们已是爷爷奶奶了，能不能找到亲父母并没有那么重要，就是希望完成一个心愿吧，一个埋藏在心底多年的愿望，这个愿望曾是她精神的支撑，勇气和力量的源泉。

大姐殷菊芬，敬儒中学的校花，高中毕业后在启东插队，回城以后在南通市轴承厂工作，热情、善良，还有就是那种大姐特有的操心。其夫黄道年，部队转业后分配到南通制药厂，后岳父帮忙调至南通市港闸检察院工作，遂在检察院发展，在副检察长岗位上退休。为人低调不张扬，有思想也很坚持，待人和气，在家里的工作就是做饭。他们和儿子黄锋、儿媳黄丹凤长期共同生活，为子女操尽了心，我觉得特别不容易。孙女黄睿出生时，是我开车从南通医院接回来的，现在已是亭亭玉立的大姑娘了。

二姐殷菊星，原在南通市印染厂上班，去通棉二厂培训时，与吉建华相识相爱，结为连理。吉建华的爸爸吉祥和，是著名特二级厨师，南通餐饮界元老级人物，因此吉建华得其真传，也烧得几个好菜，但轻易不烧，主要是点评别人烧得怎样，然后给一些理论指导。改革开放后他到南通基地三部做外贸，后将公司买下来当起了老板。因为吉老板属马，我女儿属羊，因此，我的女儿便成了他的干女儿。二姐的女儿吉莉，从小聪明能干，上小学时下国际象棋就下进省少年集训队了。不满三十岁，便接管了父亲的公司，而且搞得有声有色。吉莉的老公杨小明是上海人，有一些上海好男人的气质，在上海外企工作。外孙女杨钰馨，比我们的悠悠大三个月，两人关系特别好，老一辈的亲情、友情将来要靠下一代来传承了。

三姐周青大周勤一岁，老家也住在环东路，跟周勤同上一所小学，放学后又回到同一个“家”。据说，周青和周勤一块儿去菜市场找殷如璋妈妈，有一个五大三粗的卖肉大汉不让她们过去，要拿钩子钩她们，周青不敢过去，周勤敢。周青是革命的后代，她的母亲早年毕业于南通女子师范学校，后来从事党的地下工作，父亲周杰是盐城人，早年参加革命，新中国成立后在团中央工作，周青小学四年级便去了北京，现在已是党的高级干部了。姐夫赵新强祖籍安徽，在北京部队大院里长大，骨子里透着北京人的高贵。他大气平和，学识渊博，风趣幽默，豪爽洒脱，反正北京人的优点全给沾上了。我特别喜欢北京人，无论是北京人的京腔京韵还是北京人的气定神闲。

六、儒人故里

乾隆帝南巡，到一个叫朱家圩的地方，发现当地男女老少，个个知书达理，于是赐名“儒里”，取意：“文公后裔居地，儒人之故里也。”

我的岳母朱佩华即出生于镇江儒里古镇，她的父亲朱瑞庠和一个叫王一平的人在南通合办了信诚钱庄，于是全家人便随之迁来南通。

朱氏先祖由江西迁徙而来，是朱熹的后代，岳母身体好的时候多次赴镇江祭祖。朱氏祠堂是儒里古镇标志性建筑，粉墙黛瓦、朱漆鎏金，规模宏阔、明柱素洁。大概承祖上荫庇，朱氏家族出了不少人才，祠堂门前列示了祠堂修建赞助者的姓名、身份和赞助金额，我印象较深的莫过于南通的朱良春了，他是我国著名老中医，应该长岳母一辈。据说南通市委原书记朱剑先生、南通书法家协会名誉理事朱漱梅先生均为朱氏族人。

岳母家的老宅是她的爷爷修建的，五开间三进院，正房十分高大宏伟，罩房及后院的东西厢房均为两层木结构楼房，整个建筑用料讲究，雕梁画栋。

她的父亲为四兄弟中的老大，育有两子一女，朱宝华、朱宝南和岳母，老二育有一子朱宝骏，老三有三子，朱宝圆、朱聘达、朱宝通，老四是朱良春的师兄，从小拜孟河御医世家马惠卿学医，后因卷进政治未能成为名医，其子朱宝昌，以前是儒里中学的老师，退休后负责管理朱家祠堂。

岳母是其家族同辈中唯一的小姐，可以想象当年大小姐的威风该是名不虚传。

朱宝华原在上海工作，长子朱荣生曾全家下放江西钢厂，重回上海有困难，岳父将其调至南通以后便一直居住于南通。

朱宝南一子三女，除二女儿朱雪华居住镇江外，儿子朱荣民、大女儿朱雪萍和小女儿朱雪颖均生活在无锡。

朱雪萍为人热情，十分干练，对姑姑的一片深情极其真挚。其夫常荣生，为人十分谦和、体贴，无论何时何地，只要相见，必是嘘寒问暖，关怀备至，让人感觉十分暖心，岳父岳母更是被他一口一个姑父一口一个姑妈叫得骨头也酥了。他永远是一脸真情，丝毫找不出一星半点的虚情假意。其子常庆，在南通医学院读本科的时候，经常住到岳父家里来。后来，常庆赴日本读了医学博士，现在在上海瑞金医院工作。常庆的姐姐常鸣，十分能干，但很谦虚，尊敬长辈，很年轻的时候便担任无锡大桥中学教务主任了。其夫蒋欣泉为上海第九人民医院副院长，博士生导师。

在周勤的表舅中，接触最多的是宝通舅舅。朱宝通生性爽朗、豪放，退休前在西北工业大学教书，退休后和舅妈来南通旅游过一次，不久便随长子朱琪移民去了美国。我女儿在伊利诺伊读高中时，他从密歇根开车赶去看过几次。大学毕业时，我们乘飞机到底特律，他到机场来接我们，第二天又开车送我们去位于俄亥俄州的迈阿密大学牛津分校。去时，我替他开了一程，中午吃饭后下起了雨，他独自一人再开五小时汽车返回，那年七十九岁，身体真好。他说他曾带着舅妈，从密歇根开车十二个小时至费城，替儿子打理业务。

2014年春节，我们一家五口开车至密歇根，到他家中过年。他领着我参观朱琪的别墅，到了地下室非得和我打乒乓球，他的相持能力很厉害，好在我及时打出了几个漂亮的发球和接发球抢攻，令其不敢小瞧。宝通舅舅每年春节打来电话拜年，大概长期旅居美国，对国内亲人十分思念。

朱琪在美国经营一家小型公司，主要业务是替客户办会展，生意来了忙乎几天，平日也无所谓上班不上班，经济收入应该还可以。其爱人为镇江同乡，北邮1979级的，上大学时是北京市级三好学生，毕业后赴美国留学，非常优秀。然而在美国发展得并不好，起先在一家房地产公司上班，大概因人际关系复杂，后去了一家超市做财务，年收入不足三万美元，工作和收入都很一般。所以，人生就是选择，前面的路你看不清，就很难选对。当年如此优秀的人才，可谓凤毛麟角，但人生之路却也坎坷、曲折。如果方向对了，坚持下来，人生的价值也许就能得以充分实现。朱琪三个儿子均十分优秀，子女教育还是很成功的。

历史像一条漫长的河流，每一个人都在时代的潮流中搏击与沉浮，时隐时现，星星点点，犹如江上渔火，随风飘曳。有时我们看到浮出时的笑脸，但却感受不到窒息时的沉闷，有些人幸运些，有些人则没那么幸运，和个人奋斗有关系，却绝少笑傲江湖。历史潮流浩浩荡荡，要找准方向，也要规避漩涡和巨浪，才能不辜负属于自己的那一小段航程。

第三章
一叶扁舟

月落林楠

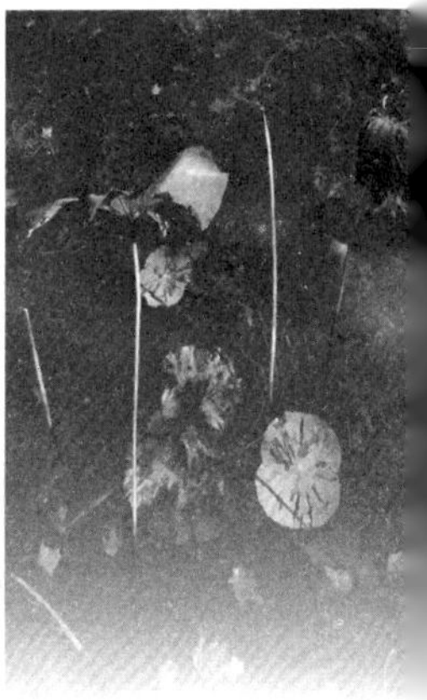

荷尽已无擎雨盖，
菊残犹有傲霜枝。
一年好景君须记，
最是橙黄橘绿时。

一、小学中学大学

小时候是没有太多记忆的，我最早的记忆是五岁那年走丢了。

葛金怀从南通回五总老家，和葛德盛去一个叫双墩的小镇喝酒，他们喝了很长时间。葛德盛见我实在无聊，便在酒店外一卖茶的小摊上买了一碗茶，让我在那儿喝。我一边喝茶，一边看风景，猛然发现葛德盛骑着自行车从眼前经过，我喊着便追了出去，一直追到与小镇毗邻的如东县境内，越追越远，我想可能是认错人了，便按原路返回。有一老铜匠见我一边哭一边走，便领着我回到小酒店。他俩正分析着，以为是有熟人跟他们开玩笑，已将我给带回家了，若无其事地正要打道回府。后来奶奶托人打听老铜匠的政治背景，确认是历史清白的革命群众，便登门感谢，让我叫其干爷爷。在奶奶去世前，每年都会去他家住上几天。

听母亲说，五六岁时我便会唱《东方红》《大海航行靠舵手》等革命歌曲，队里出工前做“五领先”便让我主持，可我一点印象都没有了。

上一年级以后，有些记忆就清晰了。

当年，农村是没有幼儿园的，因此虚龄七岁便上学了。一年级，我就读于设在丁俊家中的大队耕读小学。他们家是三间朝南的稻草房。东边一间是房东的卧室，白天便成了老师也是校长的办公室，因为全校校长兼老师仅其一人。中间的堂屋是教室，一、二、四三个年级大约三十多人编为一个班一同上课。西边一间是厨房兼吃饭间，若某个年级同学要朗读便去吃饭间。正常情况下，老师给其中一个年级讲课，其余两个年级的同学便做作业。时间长了，我发现二年级和四年级的课也不是很难，试着举了两次手，均回答正确。老师表扬我了，后来我不断地举手，老师便不断地表扬我，夸我不仅学习成绩好而且刻苦，每天放学后都在家里做作业，描述得像真的似的，号召大家向我学习。渐渐地，我便有了成绩好的美名。

启蒙老师叫范春岩，其子范蔚东跟我同一年高考，被南通师专中文科录取，毕业后报考了南京陆军学校，军校一毕业便被派往云南前线蹲“猫耳洞”了。部队到云南不久，给我寄来一张亲笔签名的戎装照，大有壮士一去不复还的豪迈，这张照片，我一直珍藏至今。部队凯旋，范兄也一步一个脚印地从“猫耳洞”走进了原南京军区后勤部。

三年级时，大队盖了新校舍，于是我们有了自己的班级教室，换了一名老师，他叫王语法，是包班的，语文算术均由他教，直至五年级小学毕业。王老师为人忠厚，因为我成绩好，对我自然是喜爱有加。这对我的人生影响很大，包括情商不高、不善表达和钻营。

二大队这所耕读小学，后来也走出来不少人才，其中包括全国劳模、“五一”奖章获得者、享受国务院政府特殊津贴的南通技师学院葛维军教授，深圳第三建筑设计院丁建南院长等。

初中是在“戴帽子”的上雁小学上的，班主任葛杰是教数学的，即江苏省税务局葛元力局长的爸爸。葛老师知识面比较广，尤其对农业技术颇有研究和心得。因他家距离学校很近，同学们常常将在葛老师家看到了癞葡萄和含羞草而引以为豪。

因我们班同学来自多个大队的耕读小学，我不知他们的学习成绩怎样，心里特别没底。过了些时日，自我感觉语文不错，总是一枝独秀，可数学却是没办法将那几个同学甩开。

一次语文课，那几个数学好的同学仗着班主任数学老师喜欢，不认真听课。语文老师急了，顺手操起第一排同学的数学课本，出了四道数学题，让我和他们三个上黑板解题目。不用五分钟我便将题目做好了，那三位同学在黑板上挂了二十多分钟，直至下课铃响也未做出来，他们可能比较紧张，有点蒙。自那以后，我的自信心更强了，一直保持语文数学两门功课的第一名。

语文老师丁祝鑫，因为特殊时期的一些特殊原因，在学校地位不高，从未当过班主任，但其教学水平很高，至少我是这样认为的。

一次写作文，实在找不到一个比喻心灵高尚纯洁的词语，我便用“粉墙”凑合进去，没想到丁老师大加赞赏，说我有古代文人的灵感，然后从粉墙黛瓦开始，讲了整整一堂课。如果说后来我的语文水平还可以，那是丁老师训练出来的。录取大学后去看过一次丁老师，后便再未谋面，现在总想起来，十分怀念，听说他早已不在人世。

高中是在五总中学上的。高一时分在三班，吕标老师很信任我，让我当班长，他是我们的语文老师兼班主任，是南通来的插队知青。高二时分快慢班，我被分到快班，原三个班的老班长均未有连任，从此我便离开了“领导”岗位，这辈子再未当过六十人的领导。高二第一学期的语文老师葛来悦，可谓桃李满天下，是有些名气的，可惜一学期还没有教完，便被调到县中去了。不久又分文理班，快班改成了理科班，班主任陈汉怡能和学生交心，深得同学们喜爱，之后几十年还和同学们保持联系。

我们班后来有不少同学考取了大学，长期友好交往。但毕业当年仅周锦华同学被中国矿大录取，他后来担任过北京煤矿研究院副院长、党委委员。

我以五分之差未达录取分数线，但很快收到石港中学的复读通知书，比大学的招生还快。城市中学的高中是三年制的，因此学校老师也称我们为“高三”，好像比复读班更有一些尊严。

我的基础算是比较好的，自认为学习方法也比较正确。很多同学死做题，复习资料上的题目一条一条地过，教室里九点钟关灯，他们弄一煤油灯做到十点也不回宿舍，我从未有过。凡是见过类型的题目，基本不动手，没有见过的才做。

在石港中学，开启了我第一次住校生活。住宿是免费的，十二人一个宿舍，每月八元钱的伙食费，供一日三餐，每周供应一次荤食。要知道，那时候除了过大年一般是吃不上荤食的，幸福生活来得如此之快，是有些诚惶诚恐的。

高二走读的时候，每天早上喝点稀粥就去上学，到第四节课时便饥肠辘辘，饥饿难忍。每当此刻，总能及时发现几位没有课的老师拿着饭盆去食堂，更觉是少年如饿花，鼠饿欲侵书。

非常幸运的是，我的书胜过所有人的书，除了墨香还掺杂了油香。那次姑妈买来几个月饼，不小心将油印在我的语文书上，当时忍住了没有发作，却不想塞翁失马焉知非福，每当饥饿难熬之时，便打开语文书闻一闻充饥，一直闻了一学期。

在石港中学，我第一次知道了什么是电视。那时热播连续电视剧《大西洋底来的人》，晚自习时忍不住溜出来夹在人群中看一会儿。还有一部《奸细》，大概是反映苏区肃反扩大化的，特别同情那个红军女战士，太委屈、太冤枉了，那些道貌岸然的伪君子们，有多么可恨。

记得高考的前一天晚上，本应适当放松休息，不想全校最资深的语文老师被托梦了，梦见了语文试题。经过一年的复习迎考，确实也有些身心疲惫，心想都到这个节骨眼了，也就听天由命，因此放弃了在石港中学的最后一堂课，跟一要好的同学聊了一会儿天便睡觉了。张老师不是我们班的语文老师，但为我们五总的几位同学补过课，那天正是他派同学通知我去上课的，是我没有去，很多年来一直未有机会道谢。

这一年的高考总体上是成功的，语文拖了点后腿。全校六个高二班加我们高三共七个班，我以416.5分的成绩获得第一名，尤其是数学，满分100分的试卷得了98.5分，物理、化学均90分以上，语文66分，政治67分，英语1分。

这个1分，是一粒种子，一粒贫瘠的种子，一粒放任的种子，这个自生自灭的基因后来伴随了我一生。

高一的时候，学校是开英语课的。还记得第一堂英语课，课堂走来一位脑门很宽大，头上却没长几根头发的老师，戴着一副高度近视眼镜，远远地便看到厚厚镜片上有几道圈，开口便跟同学们讲英语。我感觉这英语似乎也不太难，虽听不太懂，但大致能明白他在跟同学们打招呼介绍自己。

听着听着，我发现他讲的可能不是英语。下课后跟原在五中读初中的同学一打听，果然让我猜对了，他讲的不是英语，而是带有浓重浙江口音的中国话。

从一年级开始，老师们都是讲着“南通牌”普通话上课的，可他夹着浙江方言的讲授，让我极其不适应，开始教英语单词还能懂，后来实在是无法跟上教学进度了。每到英语课，便埋头做其他学科的作业，可爱的“沈teacher”也不管有没有人听，反正他只管讲，我们就这样相安无事地友好相处了两年。

物理老师丁育才对我十分关注，一天放学后，将我和周锦华留下来开小灶，后来又跟我们讲起他的故事，和我们谈理想。他让我们面对现实，不必报考大学，农村的孩子和城里学生竞争太难了。只要能录取中专，也就算是跳农门了，将来就业至少比街上小孩分配的要好。

当年的中专基本上都是高中生报考的“大中专”，而且不用考英语，这也更坚定了我放弃英语的决心。不想后来报考时，班主任要求成绩稍好一些的同学都报考大学，我总不能自甘堕落吧，真是阴差阳错。

丁老师是比较有想法的，也确实对我好，但他教三个班的物理，像那次为我们补习的情况是十分罕见的。而我平时又总是远远地躲着老师，因此失去了很多聆听教导的机会，想来十分遗憾。

那个夜晚，我印象特别深，平生第一次有人跟我谈理想，为我规划人生，一直聊到十一点。从他的宿舍出来，伸手不见五指，我硬着头皮，第一次走了三公里夜路回到家。

母亲问：“怎么到现在才回家？”我说：“老师补课。”

我知道父母深深地爱着我，但在那个年代，因为种种原因和各种条件的限制，不可能从他们那里得到像现在孩子那样无微不至的关怀。他们没有太多的文化和知识，不太明白外面的世界，更不明白世界的发展方向和发展要求，他们教我的永远是要听老师的话，听领导的话。可我却不知道听哪一位老师，哪一位领导的话，也不知道听他们的哪一句话。

他们的朴素和朴实影响了我一生。

从七岁上学到十七岁考取大学，也可以说是十年寒窗，但真正比较辛苦的也仅最后两年，而且不像现在的高中生那样压力大。

小学一年级开始，每当“四夏”和“三秋”的时候，学校会放两个礼拜的农忙假，七八岁我便参加生产队劳动了。从拾麦穗、拾棉花到插秧、种麦子，随着年龄增大，劳动的技术含量不断提高，大学录取通知书送达的那一天，我是在水田里插秧的。

记得一日睡得正香，猛然听大姐喊：“快起来，快！有人偷偷下地了！”我一个鲤鱼打挺翻身就起来了，只听她大声激动地数落着：“这些人也太过分了，说好四点半等队长吹哨子的，我听着外面好像有声音，出去一看果然是他们，不知干多少时间了呢。”我心中懊恼无比，又掺着义愤填膺，不过瞬间便化成了无穷的力量和冲天的干劲。一个早工下来，摘的豆子肯定没有人家多，可显然他们胜之不武，令人遗憾的是队长对他们投机取巧的犯规行为竟然未有一点谴责，你说能有什么办法呢？

春天，杨柳长出了嫩绿的叶子，社员们将折下的杨树枝做成一个个树把分插在田里。每天放学后我就端着个盆子，将加了醋的南瓜汁洒在树把上，到夜里提着个马提灯跟母亲到树把上去捉危害农作物的娥子。

入夜，繁星点点，清风徐徐，田野里笼罩了一层薄薄的纱，一片静谧。只见不远处一星星的灯光一会儿游动着，一会儿又停了下来，稀稀落落、星星点点，那是社员们在捉娥子。不大一会儿，只见对面的灯摇晃着越来越近、越来越亮，于是大人们便在一起交流当晚的战果和捉娥子的心得。她们总是有讲不完的话，这时我便提着马提灯独自去找下一个杨树把。

20世纪70年代，我们队有一百零几口人，儿童青年占了一大半。记得五七、六三和六五年出生的均为七人，其他年份的一般也有三至五人。队长的儿子是1960年的，是名副其实的孩子王，在其示范和带领下，各种恶作剧五花八门。

生产队盖的“土圆仓”尚未封顶时，大家爬上两三米高的墙头跳城墙。等盖好以后，大家再爬横梁上，用双脚勾住横梁，集体表演金钟倒挂。夏日的中午，一二十个孩子在河里游泳和戏水，不知道谁什么时候下去的，也不知道谁是什么时候上来的。后来队长也安排了一个劳力，中午在河边看着，但看不住每一条小河和每一个时间段。扮演“洪常青”的，把裤子点着了。扮演“灾区儿童”的，一天“动员”回来的救济物资令大人们十分惊叹，但当即遭到队长及其家长的严厉斥责，如此不劳而获的行为在我们队是绝不允许的。五总人民就是这样，无论多么苦，多么难，自己挺，自己熬，绝不会乞求怜悯，摇尾求食。

队长叫杨锦奎，水平很高。因为年长，大队干部也尊重他，在当时容不得半点资本主义尾巴的年代，竟敢在玉米地的中央偷偷地种上了香瓜。孩子们放暑假的时候，瓜熟了，每家可以分到几个香瓜。田头芦穄熟了，每户也能分得几根。

队里养过一只鹰，冬天社员带着老鹰去抓野兔。后来，又花一百三十元的巨款买了一条猎狗，放寒假时安排孩子们轮流跟随大人去打猎捕黄鼠狼，一天下来十分累，但想去打猎的孩子趋之若鹜。每当捕到野兔或黄鼠狼，队里的年轻人全跑去，热闹得像要过年一样，都在等待分享美食。

那时真的很穷，但每一个人都生活在快乐之中，如此充满活力、充满生机的集体真的是滋润我们成长的土壤。20世纪80年代初，高考录取率是极低的，在我们队里1963、1964和1965三个年份出生的十几个孩子中，便有丁建南、丁建华、顾勇华、吴红霞、顾葛良、顾葛贤和我考取了大学，从而离开了土地，这在当时是极其罕见的。

我以416分的成绩被南京大学计算机科学系录取，我是软件一班。我进南大的分数是比较低的，可能招生老师对农村学生也比较照顾，我们班长何飚，据说是贵州省理科状元，比我还小两岁，真是神童。

当然，分数不能衡量一切，但我感觉他们确实基础十分扎实，实力非常雄厚，不仅学习成绩好而且思想成熟。

我的上铺姜凯，后来出任江苏省国际信托投资公司总经理，室友邹维曾任北京大学计算机研究所所长，同班同学李宣东任南京大学计算机学院院长，沈秋翔任建行大数据中心总经理，唯一与我同回南通的李俊也当了南通市大数据局局长。南大苏富特总经理浦良是软件二班的，南大常务副校长杨忠是系统结构班的，等等。

毕业三十年聚会，阔别多年的老同学重逢，绝大多数均成了本行业、本领域或本单位的佼佼者，十分遗憾地未见到大学期间给我以极大帮助的室友、班级团支部书记戴建忠同学。其大学毕业后继续攻读南大的研究生，后去深圳发展，据说在广东高校系统工作。

熬过紧张高考进入南大后，我的方向迷失了，没有目标，不知道将来要干什么，人云亦云地模仿着别人。我感觉学校什么都新鲜，那么些人，个个学富五车、才高八斗，成了我崇拜的偶像。学校小礼堂几乎每天都有著名教授或学者的演讲，只要挤得下一定会去听。我从图书馆借来各种各样的书籍，大量地阅读，在求知的幻觉中，偏离了大学阶段以学习基础知识和基本技能为主的基本方向。

学习，是有阶段性的，也是有方向性的。当时，我最为迫切的是将英语补上来，然后学好每一门必修课、选修课。尽管我也花了比别人多得多的精力的，但英语还是跟不上，课程的进度实在太快，两周下来国际音标便讲完了，其实就是复习一下，纠正一下不准确的发音，老师讲课时还总夹着几句英语，令我十分困惑。同时也因为我未找到好的学习方法，往往事倍功半，一下给我来了个下马威。英语连续补考，加上一次数学，大一结束时便将学士帽扔进太平洋了。很多年后，许多任课老师的姓名都不记得了，但两任英语老师和数学老师的名字我都忘不了，他们是陈海、尹小兵和丁德成。他们其实没有为难我，都是非常可爱的人。

大三开始均为专业课，不用学英语了，总算将背在身上的十字架暂时放了下来，较为轻松地完成了后两年的学业。但轻松依然是因为没有目标和抱负，浑浑噩噩地结束了得来不易的，笼罩着无限光环的，更是弥足珍贵的南京大学的大学生活。

一个年轻人，绝对需要家长、老师甚至更高学问人的引导、教导乃至督导。回想我一生，在人生的关键几步，遗憾地未及时得到贵人点拨。当时，全年级只有一名政治辅导员负责全系学生的思想和生活指导，任课老师课堂上把课一讲完便走了，想遇到贵人真的很需要机缘。

戴建忠同学大概是我的机缘，他毕业于常州中学，因中学时期就担任学生干部，进到大学后便让他当我们班团支书。因为长了几根胡子，显得比我们稍大一些，因此大家均称其为“老戴”。

一次，老戴和我一同去听庞中华的讲座，结束后请教授签名。庞教授给我签了个“生当为人杰”，不算离谱，大概见老戴有些老气，给他签了个“勤能补拙”，气得他连连发问，我“拙”吗？我“拙”在哪儿？老戴确实不拙，而且能力很强。他是各种班级活动的主要组织者，尤其和女生的互动总是应对自如，班级活动在他的组织下搞得有趣、生动、活泼。

我们同一宿舍，因此自习课、夜自修、体育活动乃至听各类名人讲座，几乎都是同去同回。学习上，老戴对我的帮助也很大，尤其是英语，不仅给我一些学习辅导而且给我以许多鼓励。特别记得他那天对我说，每个人的生长和生活环境是不一样的，他们那些人从小喝牛奶、每天吃鸡蛋，你有过吗？你的基础不一样，不要和他们比。将来走上社会，你一定会有自己的用武之地。农村的孩子和城里孩子确实是有差距的，他们真的很早熟，见得多，看得远。很遗憾和老戴失联多年，否则他一定会给我更多的启发和帮助。

大二一开学，一份甜蜜突然降临到我面前，可是我没有准备好，稀里糊涂地放弃了，有些遗憾但回忆很美好。

她叫焯云，读石港中学时小我一届，因她爸爸在五总综合厂当会计，而我爸是厂长，因此，她一进南大便来见我这位学长兼兄长了。

我带她去玄武湖，我们像孩子一样在动物园看孔雀和老虎，像情侣一样沐浴清风、湖边漫步，尽情地享受浪漫和自由。后来我们又去了中山陵，那天回来的时候，是从明孝陵沿着小路走到中山门的，那一段路很长，但我一点儿也没觉着累，已经不记得一路上聊了什么了，但记得聊得很开心。我们沉浸在快乐之中，没有一丝拘谨和拘束，这是从未有过的感觉，因为从小到大我都未跟女生单独说过话。至今还记得她圆圆的脸上透着一些稚气，天真无邪，特别清纯。那次回来以后便再未主动约见她，也不知面对一个如此聪明、美丽和善良的女孩，怎会这样。从此，各自消失在校园的茫茫人海之中。

现在想来的确很薄情，我们来自同一所中学，我们的爸爸每天一块儿上班，为什么不对她好点儿呢？如果多给她一些关心和爱护，那一定是她希望得到的，可我没有那样做，我确实有些愧疚。也是心智不成熟吧，我们读大学的时候是禁止谈恋爱的，没有手机也没有电话，所有的女生都被圈在一幢楼里，那就是著名的“南大八舍”，一个青涩少年，如果不是强大爱情力量的支持，一般不会有勇气走进那个大门。

直至工作以后，大概20世纪80年代末的某一天，我在父亲的工厂再次见到她。哇，当年的“丑小鸭”变成了“白天鹅”，简洁舒雅、恬淡如兰，清水出芙蓉般亭亭玉立着，令人过目难忘。丰姿绰约、仪态万方，面若桃花的楚楚动人绽开了世上最美丽的花朵，那是青春吐芳华。人的一生总有许多难忘的记忆，这绝对是其中最美好的瞬间。那时她已结婚了，是在美国生孩子后回来的。

美是纯粹的、纯洁的，永远值得怀念，不需要占有，当你发现美的那一刻，就已经拥有了。

二、那年那月那日

20世纪80年代是一个文凭年代，大学生成了时代的幸运儿。毕业分配时，南通市包括政府、事业单位和国企的二十四家单位到南京大学招收计算机学生，我选择了人民银行。

父亲和陈贤姨妈均很赞同，其实他们只知道银行是“金饭碗”，并不清楚金饭碗里的“饭”究竟如何而来。李俊与我一同回南通，去计划经济委员会吃上了皇粮。

到人民银行时，恰逢大人行分家，工行刚独立出去，因此我在人行拿到的工作证是第74号。那年人行进了三位新人，另两位是江苏银行学校的。一位叫吴建新的女孩，不久便调扬州了。另一个叫张学锋，曾少年得志，早年在南通市银行业工作过的人，应该都听过他的故事。2019年，学锋约我和李俊小聚，其生意做得风生水起，的确了不起，几起几落，算得上一个传奇人物。

全行仅三名大学生，除了20世纪60年代毕业的陈斌老师，就只有刘昌继和我。刘昌继是中央财经学院1978级的，据说读大学前干过船工，很刻苦，社会经验也比较丰富，进人行后很快便当科长了，南通市商业银行成立时出任行长，合并为江苏银行后，任江苏银行监事长。

进行后，我被分在金融管理科。第一任科长叫成修峰，身材修长，琼林玉树，却待人宽厚，心胸宽阔，对我就像自己的孩子一样。在我心中，那是一座高耸山峰。

周裕滇是上海人，年轻时曾插队云南，不知这“裕滇”是否跟云南插队的经历有关。上海人的精明融合了艰苦的历练，塑造了其热情奔放、老练通达的气质。他见多识广，经常天南地北、海阔天空，他满腔热情，对谁都满脸笑容、满面春风，他古道热肠，总是与人为善、左右逢源。

还有一位土生土长的南通人李荣华，稍大我几岁，是行里团支部书记，有思想，经常针砭时弊，一针见血，徐悲鸿的“人不可有傲气，但不可无傲骨”是其座右铭，一身正气。我十分敬佩他，梦想仿效之，可惜至今没弄明白“傲气”和“傲骨”究竟是怎样的区别。现在的年轻父母，经常教孩子背诵历史人物的名言警句，请注意一定要将寓意和内涵讲清楚，否则误导了孩子也未可知。

我去以后，金管科共四人，负责南通市的金融监管。从他们身上，我看到了人性的光芒，可惜时间太短，未学到自己发光。金管科不断发展到今天，就是现在的金融监督管理局。

在金管科时间不长，人总行为十四个沿海开放城市配备计算机，我便顺理成章地被派往总行学习。培训中心在牛街附近，右安门内大街新安南里甲一号，后来去过很多次。

总行引进计算机的项目负责人叫刘钟，据说是毕业于清华的南通人。他家住的石桥头，其实就是和陈贤姨妈住的寺街相交的一条弄堂，是南通老城最核心的部分。那里出了很多名人，石桥头至今保存着钱素凡烈士故居等历史遗迹，石桥头24、25、27号便是南通著名的“一门两进士”的袁氏住宅，其中27号的袁运开、袁运圃、袁运昌、袁运生兄弟在中国教育、美术、科技界的影响都是非常大的。即将赴日本培训时，代表团来了一位漂亮的女翻译，也是南通人，后来我渐渐地关注起南通人的故事。

南通，人杰地灵，人才辈出，灿若星辰。

南通人都很聪明，但通常胆儿比较小，低调、内敛、讲规矩，不拉圈子，公事公办，因此经常自嘲为“通州耗子”。南通唯一出了个胆大的，非朱理治莫属，他早年任清华大学党支部书记，在任陕甘省委书记时，把刘志丹、高岗等陕北苏区的重要领导人给抓了，要不是毛泽东及时赶到陕北，恐怕要影响到中华民族伟大复兴的进程。但其很快便能改正错误，从此紧跟毛主席，出任陕甘宁边区银行行长。他算是我国金融工作者的师祖了。

总行在引进计算机时，许多工作均安排各城市分行的同志参与其中。当时，日本的日立和法国的布尔两家公司参与竞标，结果是日立公司中标，但总行还是考虑让广州分行和湛江分行进口了布尔公司的机器，总行、北京银行学校、哈尔滨银行学校以及其余十二个沿海开放城市引进日立公司的机器，其中总行、上海分行、天津分行的机型为M240，大连分行、青岛分行、福州分行及两所银行学校的机型为M220，其余的机型均为L470。

那天晚上，日立公司在同和居饭店宴请了中国朋友，我第一次感受了什么叫高档。次日，又随总行领导陪同日本客人进入中南海，参观了瀛台、丰泽园等地，同样十分难忘。

1986年赴日本接受日立公司计算机培训，那是我第一次走出国门。10月，我们于上海分行进行了为期一周的出国前培训，主要是思想教育，随即便飞赴日本。

代表团团长叫陈浩立，十分精明。大概经费有限，到日本后安排我们住在一个叫百合丘的小镇，这里的房租便宜，但距日立公司却路程遥远。乘小田急线动车有十多站，需55分钟，下车后还得步行半小时才能到达公司。因为要赶地铁，每天五点多便起床，晚上回来时，则轮换着在地铁沿线不同的车站下车，挑最大的超市购买最便宜的商品，回到驻地已很晚，整个人都累瘫了，十分辛苦，也十分难忘。难忘百合丘的小山坡，以及路边不知是不是百合的花，难忘东京塔和琳琅满目的秋叶原，难忘芦之湖和箱根的臭鸡蛋，难忘千叶县的迪士尼乐园，更难忘代表团的66位兄弟姐妹们，因为我们都是来自中国人民银行。

L470是日本日立公司生产的一款小型计算机。虽然是小型机但个头儿却着实不小，一台4M内存的主机，一台390M的硬盘机，一台行式打印机，两台磁带机和四个终端，将150平方米的机房占得满满的。14万美元，在当时配置如此装备，算是极其豪华的。

回国后，总行组织配备L470机的七市软件人员集中开发人行会计国库系统。我们转战北京、大连、宁波和秦皇岛，其中在秦皇岛的时间最长，经过两年艰苦努力，经人总行会计司和金融电子化公司验收，系统宣告开发成功。后来该系统还获得了中国人民银行金融科技进步一等奖。

先后有很多人参加了系统的开发，但最核心的骨干力量，定然是我们赴日培训过的“黄埔一期生”了，他们是秦皇岛的犍国中、徐君，烟台的高敏芝、栾利明，连云港的章卫国、于惟勤，南通是周卉和我，宁波的邬向洋，温州的吴弘以及北海的陈伟光和范维。

系统上线后，也有一些批评意见和建议，但我们还是从中学到了知识，积累了经验，并在此过程中结下了深厚的友谊，其中更走出了我国金融科技的高级管理人才。邬向洋后出任中国人民银行科技司副司长，是其中最优秀的代表。

因在回国后的后续开发中表现突出，1989年和1990年我连续被评为江苏省人民银行省级先进个人，1991年被评为人民银行总行级先进个人并被授予中国金融电子化建设奖章。那是我春风得意的几年，一路顺风顺水。

在人行，对我人生影响最大的是周卉。她是革命家庭的后代，她父亲在新中国成立之初即任如东县县长，可能受家庭环境影响，耳濡目染，能力特别强。进人行之前已是南通市人民印刷厂副厂长，那时才二十九岁。

她于1986年初入职人行，当时我们主要为总行的项目开发作准备，因此，我们共同参加了总行组织的各类培训以及后来的集中开发。因其较为丰富的社会经验、良好的道德修养，在研发团队里，大家对她很信任、很尊重，是我们的大姐。在此期间，大姐不但在工作、生活上给我以很多帮助，对我思想的形成也产生了极为重要的影响。

大姐年轻时很漂亮，身材不是很高，生完孩子后恢复得比较好，像个姑娘，一点也看不出年龄。她聪慧、秀丽也很直爽，有一些知书达理的书卷气，又如林下风致的大小姐。而我不修边幅，特别没有风度，和我一起走在大街上，的确是有些寒碜。一次，我俩逛王府井百货大楼，她看中了一件西装样式的上衣，说我穿合适，让我别穿中山装了，过二十年再穿。我咬牙将衣服买了下来，好像三百多元，相当于好几个月的工资，那可能是我这辈子穿过的最昂贵的衣服了，后来便再未穿过中山装。

我刚一离开人行，她便当人事科长了，接着任副行长，后来是在银监局退休的。我们有很深的了解和信任，刚进人行的时候，葛焯云的爸爸冲我说："你，在人行能当个科长就行了。"很遗憾未能实现老人家的愿望，如果不离开人行，有可能就当上了。

刘锡鹏对的我影响也很大。他20世纪60年代毕业于南京大学，后到青海参加原子弹研发，其间有幸在邓稼先、于敏等著名大科学家领导下工作过，20世纪70年代末回南通后，担任南通电子计算机厂副厂长。可能刚调来人行时未有职务任命，人们都称他"刘工"。

刘工为人直爽，更有长者风范，我们对他都很尊敬，1986年，他和我们一同赴日参加了L470机培训，并在日本度过了1987兔年春节。培训期间，我们中午在公司吃饭，早晚自行备餐，基本上都是刘工掌勺。在日本，我们南通三人一直共餐，像个小家庭一样，这在代表团中是绝无仅有的。

回国后，南通分行成立了科技科，刘工和卉姐分别任科长和副科长，后陆续引进了一些大学生，包括有南大的学妹学弟。在刘工和卉姐的带领下，我们集体朝气蓬勃、团结友爱，大家建立了深厚的友谊。科技科成立至今三十多年，人员进进出出变化很大，但只要在科技科工作过，无论是否同一时期，都是集体中的一员。不时组织活动见上一面，交流工作生活状况，三十多年一直保持，在我所工作过的地方中，也是绝无仅有的。

科技科隔壁是会计科，汪定一老前辈任科长，周新模师傅任副科长。尽管汪老不苟言笑，但办公室里经常欢声笑语、戏谑笑闹，不了解的人实在无法将这样一群年轻人和严谨严肃而又枯燥乏味的会计工作联系到一起。

因为上的是会计系统，科技科是为会计部门提供服务的，但他们没有一个人趾高气扬、颐指气使，大家既是密切合作的同事，又是朝夕与共的朋友。但会计工作严谨、务实的工作特点，确是培养了他们深谋远虑的思想习惯、脚踏实地的工作作风和实事求是的人生态度，加之积极向上、乐观豁达的精神风貌，会计科走出来很多人才。包括南通银监局的胡宏局长，淮安、盐城银监局纪委的叶小群书记和顾克俭书记，南通人行的李丹瑾、张国建、赵美华行长，浙商银行的陈卫东行长、北京银行的徐晓彦行长、恒丰银行的许世海行长以及江苏银行的张显龙总会计师等。

会计科隔壁的稽核科有施建辉大哥、冯明兄弟。中午，他俩相约科技科的刘海滨和我一块儿去市委食堂用餐，轮流洗碗，直至施大哥结婚。施大哥后出任浦发银行南通分行行长。

当时的物质条件是比较艰苦的，为了解决交通问题，行里分配我一辆旧自行车，我便用来骑着回老家。周六下午上一会儿班就出发，五十公里路程，骑行三小时回家看一下，礼拜天下午再骑回来。

那时年轻，苦并快乐着。

人行的福利是比较好的，行里分鱼、西瓜等一些农副产品时，我便拿去送陈贤姨妈，因为我在南通也没有别的亲人。

姨妈家住寺街47号，从人民路进去不远便到了，在路西，院子向东开门。因房屋前面有一幢20世纪五六十年代盖的红瓦楼房，院内的采光不是太好。院子南北宽不足十米，东西方向比较长，最西头有公用厨房，几户人家均在那儿烧饭。主屋建筑原本是一座坐北朝南的寺庙，从东到西隔成六间，因此每户的开间很小，进深却很大。姨妈家是东边的第三间，进门的吃饭间兼作客厅，往里去中间是表哥的卧室，没有窗户，采光只能靠天窗，姨父姨妈住最里面。

寺街是南通最具代表性的历史遗存，那里涌现了包括胡长龄、李方膺、范曾在内的许多古今名人，诞生了数十位科学大师和众多世界级文化艺术大家，集中了六个革命遗址和十个革命烈士故居。严俊表哥是国家天文台台长、国家探月工程首席科学家、中国天眼总指挥，并出任九三学社中央常委、第十二届全国政协常委参政议政，为国家建设献计献策、呕心沥血，实乃南通人民和这片神奇土地的光荣和骄傲，南通市的寺街历史文化街区保护工程，理应给“严俊故居”留一席之地。

每次去姨妈家，她都很高兴，留着吃饭，然后张罗着给我介绍对象。先后介绍过几个，终是无缘，究其原因，可能还是因为我情商比较低，不会哄女孩。一次去看姨妈，严俊表哥在家，带回来表嫂，她叫季红，其实比我还小，青春、靓丽。她说她有一同学很优秀，将其介绍给我，可后来什么安排也没有。三十多年过去，当年的同学成了大学领导，竟然还随先生参加我们同学聚会。我说初次见面，她说她见过我。哦，我明白了，原来世界如此之小。

我找对象实在是困难，卉姐得出马了。她将周勤介绍给我。初见面时也未觉得有多漂亮，可能是她一种别样的自信打动了我。

我是一个农村的孩子，自进入大学以后，一直引以为傲的学习成绩好的优越感便荡然无存了。外面的世界如此精彩，可我却是那样的默默无闻，意外地进入南大的幸运，却不幸地消融了我仅有的自信。也许是一种气质，也许是一种缘分，也可能是上苍的恩赐，我突然眼前一亮，我的另一半不就在眼前吗？感恩上苍。

自信是魂，自信不仅是一切成功之魂，更是安身立命之魂。

我们于1990年4月26日结婚，从此，一叶扁舟上有了一位舵手。

周勤比较坚强，可能跟童年生活经历有关，可能跟工作性质有关，也可能有遗传因素。她在公安局工作，是一名警察，她热情、开朗，她直率、真诚，她爱憎分明，疾恶如仇，她办事的效率也比较高，不怕困难。周勤从警四十年，历经治安、户政、禁毒和经侦等部门，多次立功和受到嘉奖，所到之处皆与领导、同事十分融洽，大家都亲切地称她为“周大姐”。

1991年3月13日，一个新的生命降临在这个世界，我们有了自己的孩子，一种生命延续的感觉油然而生，心头亮起了一种新希望。

女儿出生后，母亲来南通帮着照看了十八个月，后因农忙她要回乡下秋收秋种，我们便将孩子送去了托儿所。第一天把孩子放下时，看那撕心裂肺的哭，真的止不住眼泪往下掉，还好后来很快便适应了。

然而，上托儿所后孩子经常生病，找中医院那个知名的小儿科主任看了很多次，又是吃药又是挂水，就是不见好。实在没有办法时，偶听得朋友说陆洪闸有一位老中医，水平很高，于是奔了过去，可效果仍然不理想。

一天，我和周勤在家陪女儿，小姑妈从石港骑自行车来看侄女。她听别人说那年是个什么特别年份，须买七种圆形食品，每种七个，给娘家的侄子或侄女吃，可以消灾。为了对侄女负责，她便买了送过来。我当然感动姐弟情深，不想还真的管用，未过数日，女儿病好了。打那以后，便健健康康再未生病，得老天保佑，平平安安。

有一件事压在心里很多年，像一块石头，一直不敢提起。那年，我们送女儿去学游泳，游泳还未学会，意外却发生了。有亲戚从乡下来送大米，将绑着大米的自行车往大门外的河边一停，便进门说话了，女儿去推自行车玩，不想连人带车翻到河里。大家闻讯赶来，见女儿在水中挣扎，可能因学了几天游泳，头露出水面尚未完全沉没，大家试图去拉，均差一点儿，我转身进屋想找一竹竿之类棍棒时，一位路过的青年跳下河将女儿救了上来，我这才反应过来，跳下去的怎么不是我呢？

女儿掉河里的时候，肯定充满了恐惧，多一分钟也多一分钟的危险，我当然不愿意女儿在恐惧和危险中度过一分钟甚至一秒，我真的是爱女儿的，可以牺牲一切包括自己的生命，现在对我的外孙女也怀着同样的情感。在此，请女儿原谅也请你相信，这主要还是我应对突发事件的快速反应和危机处理能力问题，我知道我没有做好对不起你，但我永远不会丢弃你，永远爱你。

再次向那位素不相识的好心人表示真诚的感谢，也深深地抱歉，那时我实在没有勇气去给您送锦旗或感谢信，我真的无法接受那一刻我就在女儿的身边。让我来祝福，祝全天下所有的好心人，好人有好报，永远地平安快乐。

女儿初中就读于十二中，高中是在通州中学上的，两个礼拜回家一次，均由我接送。每次接送的路上，我就计算着，她在我们身边的时间越来越少了。高二那年，周勤和三中顾宙校长、妇联陈美玉部长一同去通州中学搞禁毒宣传。顾校长建议说，既然你女儿喜欢英语，不如就让她去美国做一年交换生。就这样，我们将女儿送去美国学习。女儿表现出非凡的独立性，那年十七岁，我们将其送至浦东机场，她便独自前往美国了。留学机构的工作人员在旧金山接到女儿以后，将其送至伊利诺伊州的一户爱心家庭。于是，她便在那里生活了一年。

她进了当地一所公立学校读高三，全校六百多名学生就她一个中国人。这年的英语口语水平是提高比较快的，在学校，她自主选择一万米跑作为课外活动项目，赴美交流一年，像似从非洲回来的人。美国没有高考，高三第二学期经校长和两位老师联名推荐，女儿便被迈阿密大学牛津分校录取，于是汇入了全国声势浩大的赴美留学大军。

结婚以后，我得以经常出现在周勤的朋友圈中，多年来，交往较为密切的主要有这样几位。

傅玉辉，大周勤六岁，她父亲是岳父的入党介绍人，因此周勤很小便与其相识，后来她们同在公安局工作，自然接触比较多。傅玉辉性情温和善良，说话轻声细语，办事谨慎周全，考虑问题细致周到，和周勤性格完全相反，但就是这样两个人，只要碰在一起便有说不完的话，对周勤帮助很大。傅玉辉的爱人贾建华在北京工作，时任海军管理局副局长，傅玉辉20世纪90年代初便调任北京市公安局。因为贾局长属马，我女儿便叫她干爸。

2001年，我行为中国进出口银行代理了一笔中远川崎十五亿元人民币的出口卖方信贷。我陪同宛幸余、竺鹤和张文海三位行长去总行北京管理部及中远总公司联系工作，贾局长热情地接待了我们，并为我们配了一辆专车供临时使用。恰逢“南海撞机”事件，王伟烈士的家属与我们同住海军招待所，贾局长便给我们讲爱国主义故事。之后，局长又说小竺行长前程无量，未曾想仅仅时隔十年，竺鹤果然成了交通银行党委委员、北京管理部总裁兼北京分行党委书记，局长识人无数，确实修得了一双慧眼。

陈玉华在南通市文化局工作，因其老公张炎原为南通市公安局经侦支队支队长，故大家对其并不陌生。张支队长调任海门副市长、公安局长时对周勤说，去海门后不便经常回家，女儿又读大学，玉华在家寂寞，你们多联系。从此，得以有机会经常见到局长夫人，但见不到官太太的珠光宝气和盛气凌人。她温和又谦虚，细心又体贴，特别和蔼可亲。不知何来如此巧合，她和周勤竟同一天生日，且亦为领养，因此，每逢十月革命纪念日11月7日这天，她俩都会聚在一起，不知谈些什么。张局长能力强、情商高，才华横溢，据说办过陈良宇的案子，虽有些放任下属和溺爱家属的毛病，但不影响其官场进步，后升职为南通市人民政府副秘书长。

储美华原本是我的客户，因其夫张俊峰办了一家针织厂，便离开原单位当起了老板娘。客户关系没了，她便以周勤的姐姐自居，一转身成了周勤娘家人。张俊峰大哥为人十分值得称道，他低调厚道，无论对谁都那样和蔼可亲，是特别让人信赖和可以依靠的那种。

陈友华是储大姐介绍给周勤的，敬儒中学的英语老师，女儿出国前帮着补了不少课，很关心也特别喜欢女儿。她的先生朱育宽老师是南通著名收藏家，其主要藏品是毛泽东纪念章，他的书房里全都是跟毛泽东有关的收藏。

钱美华的老公钱涌泉，在木头井时曾和周勤家同住一个院子，涌泉大哥的父亲当年任南通市检察院检察长。两家人关系不错。钱大哥比较内敛，爱得深沉但不喜欢将往事旧情挂在嘴边，可美华大姐总也不能忘了自己是木头井的媳妇儿，忘不了那个小院子。离开小院后，每年来看周伯伯，周伯伯走后便来看周妈妈，其实是有无数话要跟周勤说，像俩姐妹。

离开木头井后，周勤家搬到仓巷86号住过，院里的吴叔叔、施妈妈、肖妈妈以及施老师，均十分喜欢周勤。儿时特调皮的“华侯”周新平当老板后相约小聚，吴叔叔说："你知道吗？肖妈妈的孙女当苏州市人民政府办公室主任了。""我们住那时，刚上小学的那个小女生。"我们怎能不老呢？

梁瑛原为周勤公安局的同事，其母亲是南通老凤祥的老板，她大概是1969年出生的，年轻时很漂亮，看上去小鸟依人，却原来伶牙俐齿。她聪明伶俐，是一个十分有智慧的女孩。她老公宗晓阳在部队时是空军，十分豪爽、仗义，转业后在上海市市场监管局当人事干部，她便随调至市场局的下属单位上班，据说现在也是管人事的主任。

袁陆丽是农村的孩子，学校毕业前在公安局实习时，恰逢南通市户籍制度改革，农村户籍青年缴纳一定的城市建设管理费，户口便可"农转非"。户口问题解决后，因梁瑛在十二中工作的同学帮忙，幸运地进了十二中。我们去她里家玩，她的奶奶围着周勤一口一个"干娘"，看那意思，若不将其孙女收为干女儿，实在是有负老人的一片深情厚谊。袁陆丽其实不比我们小很多，性情特别好，周勤和梁瑛均可批评她，从不生气。袁陆丽的先生是南通市疾控中心的鞠佩锋主任，我们是婚姻介绍人。鞠佩峰为人本分厚道，政治觉悟高，一身正气，两袖清风。2017年南通市卫生监督所"整体塌方"，其时他任副所长，班子中的其他成员全部中枪落马，唯其泰然自若，硕果仅存。

朱云霞和袁陆丽同学，公安局实习结束后想进南亚，因为南亚距离她家很近。南亚为台塑集团所投资，当时是南通市政府极为重视的特大项目，因该公司落户南通，市政府遂将公司周边地区命名为“南通台商投资开发区”，我后来工作过的台商支行的全称即是“交通银行南通台商投资开发区支行”。

南亚落户南通后，其资本金账户是开在交通银行的，但只有结汇业务并不需贷款，因此我与公司财务便没有交往，周勤听说竺鹤跟他们关系不错，让我找其帮忙。我想，南亚是市政府的重特大项目，落户南通并在交行开户那是多不容易啊，也不知台商的文化习惯，别让人给小瞧了，没理她。不想她直接找竺鹤了，结果如愿以偿。

所以说，我这人总是小心翼翼、瞻前顾后，传统价值观念在头脑里根深蒂固，殊不知南亚如此之大的块头，正值用人之际，进个人实在也算不得什么。而且，台商也是愿意在内地交朋友、融入当地社会的。

人就是这样，接受了别人的帮助，你会感恩，帮助了别人，你会对其更放心、更信任，希望他进步，当然最好的情形是互相帮助，彼此的感情才会越来越深厚。竺鹤在南通期间和南亚的关系一直非常好，很多年后，南亚的人还经常念叨他。

小朱婚后，其爱人马雪峰想进通富微电工作，是我找财务总监章小平帮忙的，当然不为感恩或信任，而是因为和章总比较熟悉，顾虑不大。章总是帮了我不少忙的，再次表示感谢！小马是一个非常宽厚笃实的孩子，但思维敏捷、虚心好学，现在成了通富微电的重要技术骨干。也巧了，小朱的姐姐后来嫁给周勤的表哥当儿媳，我们便有些亲戚关系了。

三、不安静的教堂

20世纪90年代初，人行电子化建设发生方向性改变，从由总行领导少数城市试点，转向由各省行组织全面推进。江苏省人行开始为各市行统一配备新的计算机及其软件，至1992年底，L470终于完成了历史使命。

恰逢交通银行南通分行成立，我抱着学习金融专业业务而非专门技术的想法进入交通银行，这一来，就是三十年。在这里，工作的时间最长、经历最多，虽无法将三十年的心路历程在此一一总结回顾，但我永远不会忘记关心和帮助过我的人，衷心地感谢他们。在此，让我以深切的怀念，表达对他们崇高的敬意和诚挚的祝福。

朱秋森是交通银行南通分行每一位员工十分爱戴和尊敬的老行长。

第一次见朱行长，是余玫引荐的。我们是高中同学，同年毕业于南大，因其所学中文专业，毕业分配到南通市人民政府后便给王湛市长当秘书，因此和朱行长比较熟悉。她约我去见朱行长，让把各种荣誉证书、资格证书都带齐了，可朱行长仅简单聊了几句，一本也没看，便让人教科长领我去上班了。

见朱行长第一眼把我给震撼了，神采奕奕，风度翩翩，儒雅洒脱，玉树临风的气度更是令人肃然起敬。

到国外部工作以后，朱行长经常来了解情况，目光中总是透着爱护和关切，工作中遇到困难的时候，只要他一来，一切问题便迎刃而解。

相信有人敬佩朱行长，是因为他一心为员工谋福祉。在人行时，我参加了首届计算机工程师全国统考，南通市仅八人通过，工资一下子加了二十几块钱，每月九十七元，且不说同龄人，一些年龄大我很多的老同志还差我一截。进到交通银行，每季度只要代发一次企业债，朱行长给每人发一千。南通分行分过两次房，第一批光明南村不知多少套，我分到的是第二批郭里园的房子，共九十六套，比我年轻很多的同事也都分到了新房。

因为种种机缘，我对朱行长的了解可能比许多同事更深入一些。

1995年上半年，茂源公司发生了一笔181.5万美元的信用证垫款，在“万元户”年代，那可是一笔巨款，在行内外引发了极大关注。

茂源公司是南通外运投资的一家主要从事进出口业务的纯贸易型公司，注册资金很小，但因其外运的背景得以在交行开立了大额信用证。垫付后我去催款，方知其进口的钢材被法院扣押，无法销售，我便去找外运的领导，而他们竟然蒙在鼓里根本不知道。外运投资茂源其实是想赚点快钱，但疏于管理，一切皆由茂源公司个别人操控，导致经营管理十分混乱。

朱行长多次与南通中院及相关当事方协商调解，被扣押的钢材最终得以销售，较为圆满地化解了资产风险。虽说结果还比较圆满，但其过程却是山重水复、扑朔迷离。在他亲自布置和指导下，我多次协同南通中院、外运、担保单位的同志赴上海、南京、无锡、苏州处理钢材解封、报关、销售及回款事宜，因为谁也不敢相信对方，都希望能在第一时间掌握事件的最新进展以便拿出自己的解决方案。

当前方一个接一个坏消息不断传来的时候，我能感觉到朱行长承受的巨大压力，毕竟如此之大的金额，差不多是南通分行两年的利润啊。令人敬佩的是，每当面临危机，从未见其迁怒于部属，怨天尤人，首先想的是如何处理问题。每次跟他汇报完情况，都会听到那一句非常熟悉而又动听的声音："我知道了。"那么从容，那么自信，仿佛世界上就没有他解决不了的问题。只要听到这句话，你立马便增加了无穷的信心和力量，无论多么困难，都不惜代价地去克服，无论多么辛苦，都心甘情愿地去承受。他的这种人格魅力，不知感染了多少人。

1999年上海分行组织五级分类培训，要求信贷条线全员参加。当时，朱行长已经调任无锡分行行长，我意外地看到他随无锡分行员工一同参加培训。一天下午，老师发现到堂听课的人比较少，遂行点名。点到无锡分行时，"哗"的一声站起来一片，众星拱月般地将朱行长围在中间。点到南通时，只有沈锦章、许稳春和我三人，我也感觉自惭形秽。猛然发现朱行长看着我们在笑，有些得意，显然是对无锡分行很满意，有些怜悯，他熟悉的南通分行怎么成了这样？有一丝赞许，那是给老沈、小许和小丁的。

有几个行长能像他那样，与普通员工同吃同住，主动参加这样低级别的培训班？更何况朱行长如此才华横溢、超群绝伦。他是中国人民大学的高才生，在计划经济时代，四十岁便出任南通市计划经济委员会主任，朱行长的学识与才华，经验和才能谁人不知，谁人不晓？越是聪明的人越爱学习，越爱学习的人也越聪明，他的聪明之处绝不在于掌握五级分类，那太简单了，他的聪明在于言传身教，他在示范他的学习态度，传递他的人生态度，充分展现了超凡的人格魅力和非凡的领导艺术。

倪振兴是南通交行首任人事科长，不知何时，科长都变成了处长，大家便亲切地称其为“倪处”。倪处确实对我很关心，给予很多帮助，直至退休后很多年都来看过我，聊聊生活、关心一下工作，然后给一些鼓励。每当我送他经过营业大厅，员工们与其打招呼的时候，我心里都特别得意：怎么样啊？倪处又来看我了吧。

像他这样给我关心、帮助和鼓励的人还有很多，包括刘雅刚、卢国华、梅永发、葛德怀、苏锦德、邱红、虞燕萍、张文海等等，他们德高望重、平易近人，也为交通银行的发展作出了重要贡献，我不能忘记他们，交通银行也不应该忘。

在国外部时，老主任葛德怀是从中国银行选拔引进的行业精英，早年毕业于复旦大学，业务精湛，思想开拓，其地位至高无上。竺鹤小我五岁，任外汇会计科科长，我是外汇信贷科科长，陶涛大我五岁，任国际结算科科长。

他俩十分优秀，能力都很强，但两强相遇，有时会擦出一些火花。一次，可能是工作原因，两人争论起来，越争越激烈，眼看着火花迸发，我赶过去猛击三掌，说：“办公重地，请勿大声喧哗。”两人都回头笑了。那时大家配合还是很默契的，每当有营销任务时，总是竺鹤打进攻，猛喝，我打防守，等他喝多以后送他回家。业务发展势头也很好，我行国外部成立的第二年，国际业务结算量即位居南通同业第二，仅次于中国银行。

我进国外部其实是阴差阳错，因为我英语太差。朱行长大概怎么也没想到南大的学生外语这么烂，安排我进了国外部。其他骨干都是通过公开考试面向社会招聘而来，他们被派赴上海、杭州培训国际业务的时候，我还在帮忙工资改革，外语水平和业务能力差距很大，因此，极大地限制了我在国外部的发挥。信用证我确实看不懂，只好做三资企业贷款，因为三资贷款主要还是以审查企业资信为主。国外部讨论重大国际业务时，我都不敢多说话，其实无论是知识、阅历，还是人脉关系或思维能力，可以说并不输他们，但不好意思，你不识字，你是文盲。

茂源事件是促使我离开国外部的第二个原因，我感觉国外部压力太大，动辄几百万美元往外放，确实心中无数，尤其是那几个支撑国际结算量的进口大户，均为贸易型公司，只要一单出现问题，便是第二个“茂源”。一些人对国外部的经营策略风言风语，茂源事件恰好成了他们最好的佐证，虽此事件本身跟我的关系并不大，但我还是觉得肩上的责任太大了，再不要出什么事情让别人看笑话，想来想去，还是离开这个是非之地为好。

茂源事件基本处理结束，我跟朱行长说：“压力太大，夜里都睡不着觉，我想换个岗位。”朱行长说：“你睡得着了，我就睡不着了，就是要你睡不着呀。”还是安排我赴香港分行学习外汇信贷业务。

许多年来，我反复思考朱行长为什么对我如此关照？当然首先是因为他的气质、风格和人格魅力，在他的旗帜及关怀下，年富力强的中年干部大展宏图，一批批年轻人茁壮成长。另一方面就是要有机缘，无论你多么微不足道的优点甚或仅仅是特点，无论有意还是无意都得被领导发现，最好能够把缺点也包装好。

南通分行刚成立时，每天晚上加班，朱行长总是陪大家到很晚。一天，他说中央开始整顿金融秩序，有些人要紧张了。因当时没有移动终端，不看新闻联播便不知政策动向，大家均无反映，我非常冒失也非常不合时宜地说了一句，中央主要还是整顿金融秩序。于是，朱行长便耐心地跟我们讲解人和制度、秩序的关系，穿横贯纵，一针见血。还有一次有位老同志开玩笑，说老饭店在不停地关门大吉，新饭店又不断开张，我随口回了一句这就是新陈代谢。朱行长十分赞同，然后跟我们阐述社会现象和生命现象的发展规律及两者的一致性问题，确实学贯中西，也可能因此建立了对我最初的一点印象。1993年南通机床厂上市前向我行申请贷款七十万美元，财务负责人王荣娣说给我弄点原始股，我说我不要了吧，她说人民币信贷的人也有的。我想凭朱行长跟他们董事长以及公司财务的熟悉程度，他怎能不知道呢？况且朱行长的夫人还在机床厂上班。在当时的情况下，也没有说这种行为是禁止的，不一定违反纪律或法律，但在不一定和一定之间，我还是选择了自我克制，也许这一点也是朱行长认可的，可能觉得我比较本分。

再次感谢朱行长对我的关怀、信任和培养，但因性格、能力等诸多缺陷，我很辜负他，真的很对不起。

1997年底，在朱行长即将调任无锡分行的消息传开后，短暂休息了一段时间，其间调我至城东支行任信贷科长，竺鹤则同时被调到开发区支行担任分管会计的副主任。1999年春节，国外部老同事请客，我们均应邀出席，他说，我俩一块儿再回国外部吧，可我哪敢呢。不久后的全行干部竞聘中，其应聘担任国外部主任，迈出了仕途的第一步，提拔从此开始，进而一发不可收。

未数年，竺鹤竟然出任交通银行江苏省分行行长了。那年，海安有一钢铁项目在省行被否了，海安县孙县长去省行找束兰陈情，因束兰是省行分管授信业务的副行长，其岳父原为海安镇党委书记。他们跟束兰汇报项目时，我出去看了一下竺鹤行长。他说你这个贷款不能放，人家已经出事了，然后便诉苦省行行长有多难，如何辛苦。是啊，看他那么多白发，肯定付出了无数的心血。从束行长办公室出来，他问我："你叫丁杰吗？"我猜竺鹤早跟他讲了，这笔贷款经办行行长是我的老同事，能放我不放吗？

竺鹤行长赴总行任职后，在徐新家见过两次。徐新当年因女儿户口问题请周勤帮过忙，故曾有过一段时期交往，后我到台商行时，其公司恰巧在那儿开户，老朋友相见自然分外亲切。因竺鹤夫妇在外地工作，其岳父母是同二女儿徐新夫妇共同生活的，竺行长回南通，徐总便让我过去。

中午就餐，竺行长坐徐总右边，我坐左边，感觉竺鹤跟过去也没太大变化，好像我已不是自己了，坐那儿实在不自在，不知道说些什么好。大领导一点也不关心我业务做得好不好，反倒问问女儿怎样，周勤好不好，进步了没有。

竺鹤是性情中人，走到今天，跟他的天分和努力、智商和情商都是分不开的，一般人学不到。

叶鸣是我在城东工作时期的老主任，但不久城东办改支行后便称行长了。他学识才华一流，为人正直却有些迂腐。进交通银行前曾担任南通教师进修学院英语系主任，进交通银行后曾以全行第一的成绩被选拔至美国进修，是总行首届赴美金融人才培训班的班长。

在城东支行的时候，既是我的领导也待我如兄弟。当时城东没有分管信贷的行长，贷款他跟我商量一下也就可以定了，在那个支行尚有一定权限的年代，我们都没有发放过一笔人情贷款，而且将原先十万和二十万的小额贷款全部收回。有领导为解决重大家庭关切，请他放一笔贷款，他不放。他只为交通银行放贷款，不为交通银行的行长放贷款。

我和叶主任对许多事情的看法和理解是一致的，受其影响，在发放贷款时，对客户和自己的要求都很高。从城东到城西，从小石桥到桃坞路再到台商，无论是担任信贷科长还是支行行长期间，我没有放过一笔有问题贷款，没有一分钱未收回来，这也是我从事信贷工作多年最引以为豪的。

也许有人说，没有不良贷款，就没有南通分行的今天，但也可以说，没有不良贷款，南通分行就不是今天了。有多少不良贷款仅仅是因为判断失误？见利忘义、饮鸩止渴和以贷谋私有多大区别吗？扪心自问，我对得起交通银行，我的内心永远是安宁的。

1999年实行全员竞聘上岗，首先竞聘中层干部正职，然后由竞聘的获胜者与员工进行双向选择。

很多人鼓励我参加竞聘，而我自己呢，对分行领导确实也有些失望，朱秋森行长离开后，我确实没有感受到鼓励、信任和关怀。城东的信贷科和国外部信贷科是不可相提并论的，别人离开国外部都有提拔而我没有，去城东时，朱寿海拿我开心，说："丁科长你去，不出半年就是副主任。"因为调我去城东的同时，原信贷副主任便调去城西了，显然有一些想象空间。两年过去，现在搞双向选择，我还不知道找谁选择，想想还是竞聘电脑处长。

竞聘的前一天是星期天，人民银行一位老领导约见我，劝我不要参加什么竞聘了。可我都报名了。这是为什么啊？这么多人看着呢。

竞聘演讲应该讲得不错，加之我的专业背景和计算机从业经历，优势其实是比较明显的。大概绝大多数人也想看看，我做的能否像说的一样好，最后以187票比33票赢了对手。

我以为竞聘成功了，可是分行党委研究决定，世纪之交极可能爆发"千年虫"，若电脑处长易人，谁也无法保证有效应对，因而电脑处长岗位不作调整。

后来很多人以为我对分行的决定有意见，其实没有，我对兰行长一直是尊敬的，每一位行长说的话我都信，只是少了一点点的信赖。

兰行长其实是一个非常感性的人，讲义气，没有架子，很好相处。我相信选择如此激进的干部竞聘方案和劳动组合方法的出发点是好的，作为一名主持工作的副行长，寄望于通过大胆创新推动南通分行快速发展的精神可嘉，但在当时条件下并不合适。因此，一定程度上引发了员工思想的混乱，影响了分行党委在群众中的威信。在混乱的时刻，也算忍辱负重、力挽狂澜吧，既要维护组织权威，又要维护发展环境，任何选择都是合理的，多少给其自身也带来了一些不利影响，三年住持终未能成方丈。

柴卫平行长给了我机会，2001年搞扁平化，让我参与组建小石桥支行，后于2002年1月8日开业，从此，在他的领导下度过了较为愉快也是我认为比较有意义的十年。

柴行长为人比较和善，体恤关爱属下，大局观强，其在南通任职的几年，是南通分行发展的第二个高峰时刻，在全辖综合考核中，连年获得第一名。

2003年我买了第一辆车，但驾驶技术还比较生疏。一天晚上，我们参加完营销活动，送他回家。行至一个即将左转弯的路口，恰巧迎面驶来一辆大卡车，我便停车等待。他说我停得好，很标准，恰到好处，他说他在部队开了八年车，意思可能是说他的评价很权威。你心里能不高兴吗？

2007年，我在小石桥工作满五年轮岗去桃坞路支行，南亚总经理盛修业请客。柴行长敬完南亚的客人后，端着酒杯走到我面前，轻轻地说：“今天我是来陪你的，人家是为你送行啊。”一句话包含了极为丰富的内容，敏锐、豁达，平和、低调，其勉励、鞭策属下手法运用之高超，时机把握之精准，令人佩服。

他的工作方法比较灵活，我去小石桥后，城东支行见通富微电的董事长是有一定困难了，我说我来安排，他随即便拜访了董事长。后来，从小石桥到桃坞路再到台商，通富微电一直是我为他们提供服务，都是经过柴行长批准的。

2006年，我女儿在通州中学读高中时因数学成绩不太好，遂请我高中时期的班主任陈汉怡老师为其补习数学。陈老师有一亲戚在中国银行镇江分行工作，希望调回南通，我试着去找柴行长帮忙，他很爽快地答应了，不久便调来南通。

柴行长给了我足够的信任，足够的友善，足够的宽容，但除非这样很特殊的情况，我一般不会在工作之外打扰他。听说柴行长的父亲原为镇江市后巷镇党委书记，岳母老家儒里古镇即为后巷所辖，听周勤说，她上学前去后巷的时候，党委书记是她二表姐的公公，姓田，田书记在主席台作报告时不停地擦汗，周勤便跑台上去为其扇扇子，直至报告结束。我从未跟他套近乎提过此事，说不定他们是认识的。

王箐华是我任小石桥支行行长时的对公客户经理，我们很愉快、很默契地合作过五年。她阳光、直率，但有时有些任性。学历不高，学问应该很高，知识面非常广，我不知的知识点，她讲得头头是道。与客户交往时，总是表现得大方得体，深受客户喜爱，是我所见过的最优秀的营销人员。

客户营销或谈判时，一些过高的要求，行长往往不便甚至无法向客户开口，但她总能敏锐地、准确地捕捉到恰当的时机，将领导不方便提的要求提出来。领导拜访客户，常常只是营造一个友好氛围，她便以一位涉世未深的年轻女子的身份，向客户提出一些看似“过分”的要求，但经常收到非常好的效果，变“过分”为不过分，变“不可能”为可能。

如果我没有猜错的话，朱秋森行长、柴卫平行长和竺鹤行长对其均有极其深刻和极为良好的印象。她的不幸在于聪明过人却不知掩饰聪明，更为不幸的是在公安局工作的老公因车祸变成植物人，给家庭生活造成了极大的影响。我在桃坞路工作期间，她曾打电话给我，说在家里搞了一棋牌室，如有合适的客户可带去她家。非常遗憾的是，一直未有机会。在此，让我郑重地对她说一声对不起。

三十年来，除了交通银行的领导、同事外，还有许多人给予我巨大的帮助，表现了极大的友善和真诚，那些场景历历在目，故事不胜枚举，点点滴滴我都记在心头。我真诚地感谢他们，祝福他们，祝我们友谊长存，祝朋友们平安幸福。

通富微电石明达董事长对我的喜爱源自于对交通银行的喜爱。他多次跟我讲，他最敬佩的人是交通银行的朱秋森。当年，通富微电第一次引进日本二手封装设备时，王海市长召集五大行协调，让每家行贷款六百万，协调时朱行长的问题最多，但形成决议后，交通银行的贷款最先到账，尊敬的理由因此是充分的。但也不充分，石董贵为南通商界领袖，是中国集成电路行业叱咤风云的人物，其对朱行长的尊敬必然是经历思想碰撞后的情感交融，那是一幅无法用语言来形容的图景，通富微电对交通银行的每一个友善，只有在这幅图画中才能找到答案。

石董对我尤其关照些，大概因为我是南大的学生，因其早年亦毕业于南大，他常以学长自居，但我一直将其视作前辈和老师，是良师，也是益友。我刚到小石桥时，他便与我说，现在银行竞争越来越激烈，相反一些企业却迎来了难得的发展机遇，前景十分广阔，你可以考虑到企业发展的。其实，我完全认同他的观点，只是知易行难。他也充分理解我，在我遇到各种困难的时候，均给予了巨大帮助。

葛杰华同样是令我十分尊敬的长者，甚至在某种程度上改变了我的人生轨迹。葛总原为南通产业控股集团分管财务的副总经理，而产控集团几乎控股了南通市所有的国有企业，其中包括南通科技、江山农华和精华制药三家上市公司。我一到任桃坞路支行便首先拜访了他，但不受待见，非常耿直地表达了对交通银行的不满，原因是在南通科技资产重组过程中，四大国有银行都可以办到的，交通银行就是办不到。他跟我行领导相邻而居，低头不见抬头见，但因各自坚持的理念和原则相悖，银企双方却是无法实现良性互动和利益双赢。其实我不知其中原委，有可能错误地谴责了交通银行的领导和政策，但我确定是违心的。也许分行的“白脸”唱得太生动了，“红脸”一登场，他居然接受了我，他认为我的理解是建设性的，是通情达理的，我们就是这样相识的。后来我多次拜访他，我发现他才是一个真正通情达理的人，很愿意帮助人的人，豪爽而慈祥。

我去南通科技拜访财务总监朱军，他说：“葛总吩咐过了，我会安排的。”未隔数日，通科桃坞路的账户一下子进账了三亿五千万元，那是我任支行行长后见到的最大一笔钱，心里有说不出的高兴。

下午刚一上班，柴行长打电话让我过去，说分行党委讨论要撤了我支行行长的职务，是他一直压着，然后批评我江山农化有重大活动不向分管领导汇报的不当行为。其实也是可以向他作一些解释，可能情绪有些抵触，我实在是不想说什么了。现在想来，当年可能对某些领导确有一些本能的抗拒，缺少基本信任，下意识中也不希望那些人和产控集团的领导碰在一起。其实是庸人自扰，商场和职场上的精英无一不是进退有度收放自如，实在用不着杞人忧天。后来我还听说有人质疑我在经费使用中的问题，但柴行长跟我只字未提，他应该知道我不是一个视钱如命的人。那年在小石桥，因南亚电器大额外汇资本金进账，年终考评时，按绩效得分和综合考核办法，我的奖金比较高，于是有人提出异议认为不合理，柴行长便扣减了我的奖金，但我并没有在意。我尊敬柴行长对我的信任，如果他真的不信任我了，也永远地失去我的尊敬。

柴行长跟我谈了很长时间，一是说你别想离开交通银行，二是说要多沟通，处理好各位领导及部门的关系。在交通银行坚守到今天，可能跟柴行长的那次谈话也有关系。

我不需要标榜对交通银行有多么热爱和忠诚，我承认交通银行是优秀的，但不是完美的。我不认为只要通过我和像我这样人的努力，交通银行就能改变，但我相信只要中国在进步，交通银行就不能不进步。每当看到那些不可一世的人，对人民银行及银监局我过去的同事们顶礼膜拜、俯首帖耳的时候，也是有一些思想活动的。卉姐、胡宏局长，李丹瑾、姚军行长等许多人我都很熟悉，但我从未请求他们为我打招呼关照一下，我就是这样一个人。

我知道我不适合搞营销或管理，我就是一名“理工男”，我做不到眼观六路、耳听八方，我不会面面俱到、左右逢源。但只要我在交通银行，只要交通银行需要我，我一定会义无反顾、冲锋陷阵。

朱军从此成了我的兄弟，葛总退休以后，朱军出任集团财务部长，继续给我以很大帮助。产控集团投资成立洋口港开发公司，注册资金大概是一亿八千万元人民币，其中九千万存在交通银行，我到台商支行后，牵头和江苏银行为产控集团做了十二亿银团贷款，其时柴行长已是江苏省分行首席信贷执行官了，是他批的。产控集团和崇川区共同投资南通观音山开发公司，也是朱总第一时间给我信息，得以抢占了先机。

南通市人大常委会葛玉琴副主任时任崇川区区长，她是我和我们家的贵人，也是南通交行的贵人。我家无论遇到任何困难皆请其帮忙解决，而她总是尽心竭力地给予帮助。我们居住在同一个小区，我1号楼101，她2号楼101，周勤买了烧饼或缸爿路过她家时，偶尔会送两个去，她总是说“这个好，我喜欢吃”。

崇川区对交通银行的支持是巨大的、长期的，区财政仅在台商支行的存款长期高达两亿元，南通分行的人都不应该忘记她。南通观音山开发公司最终选择了工农中建交以及江苏银行合作，给每家行五千万元资本金存款，若是哪家银行没有兴趣，或有可能安排五家行，每家六千万。

黄锡荣大我十多岁，既是师长也是兄长。他个头不高，行动算不上敏捷，又爱开点小玩笑，于是大家便戏称其为“黄老头”。黄老头知识渊博，为人和善，很直爽。他在南亚的地位非常高，不知是因为台塑集团的管理体制还是其个人影响力，南通南亚系列所有公司的资金财务皆由他安排，从未听说要请示的。

南亚公司的财务人员集中在一间硕大的办公室办公，黄老头的办公桌在最里面。每次见他，都得经过长长的办公区，从那几十号埋头工作、面无表情的人身边走过，大厅里鸦雀无声。到了近前，他会示意你在其办公桌前的椅子上坐下，然后非常熟练地操作着电脑，像是有十分紧急的事务急待处理的样子。五至十分钟后，他会将你引进一间布置得极其温馨的会客室，先点上一盏十分精致的小酒精炉煮咖啡，然后便海阔天空地聊起来，讲到投入的时候，便拿起笔在黑板上板书了。

他一旦讲起来，那是古今中外、天南地北，而且对每一段历史、每一个事件总有独到的见解，滔滔不绝，如数家珍。开始有些不适应，感觉自己孤陋寡闻，后来发现也不要紧，只要认真听便可以，其间不时地提几个问题，任由他慢慢地、耐心地讲解，俨然一副满腹经纶大学者的样子。所以说，财务工作者并不是人们想象的只对数字感兴趣，但凡好的财务，都是博闻强识、博学多才的。

在小石桥期间，跟黄老头的关系还是不错的，在一起时比较随意，不拘谨。2003年，我刚拿到驾驶证便买了辆车，不料他很感兴趣，便来停车场看车。然后少不了讨论汽车的历史、品牌、价格、生产和驾驶技术以及发展方向等话题，讲到最后，又批评汽车教练员因职业疲劳而态度恶劣，其联想力实在丰富。

后来，我便是开着这辆车，带他去海安老坝港水产养殖基地、如皋花木大世界、通州叠石桥家纺城、如东东升高尔夫球场去体验大陆的风土人情。东升高尔夫球场的老板林水柳亦为台湾人，跟我关系不错，送我一套高尔夫球杆，粗细十四根。

黄老头喜欢高尔夫，可在东升练习场打得不尽兴，让我开车带他去昆山打球。虽说昆山很近，但我从未去过，是买汽车后第一次跑长途。当时路况很差，沿途路牌也不规范，有些路口压根儿没有，去的时候多次下车找人问路，在昆山吃午饭以后又开了几十公里才到球场，等他打完球往回赶的时候已经晚上七点了。

出昆山便无路灯了，我在夜色中行驶，至通往通常汽渡的路口，开过了两三百米，夜幕中我隐约感觉已经驶过路口处的一幢标志性建筑，便及时调头驶往通常汽渡方向，黄老头直夸我记忆力好，一路非常顺利，两个多小时便到家了。

这至今令我百思不得其解，我是不识路的，南通的县城比如海安我去过很多次了，但若离开导航恐怕还是会走错，那次从昆山返回，真的有如神助。可能许多人都有这样的体验，有时当你面临一项比较艰巨复杂的任务时，不知是哪来的灵感和勇气，自己都不知道是怎么把工作完成的，冥冥之中好像有一股力量护佑着你。我想，这可能就是神助，助你顺顺利利、平平安安。

李柏松当年任财政局社保科长时，曾给我们以巨大的帮助，叶鸣、邱红和我经常去看他。他特别真诚也很坦诚，能力极强，且记忆力惊人，知识面非常广。他风趣幽默，经常妙语连珠，场面把控、气氛调节总是十分到位，对一些社会热点现象和热门事件的点评常常极为深刻，和他在一起总让你感觉十分轻松愉快。一次喝了点酒，他说将我收为徒弟了，我想我真诚和坦诚的基本素质大概是具备的，只可惜因工作岗位变化，接触的机会少了，未能学到其一招半式。但李局的人生态度，对我的确是有影响的。

薛爱军曾任李柏松的副科长，她大我一岁，无论走到哪里对我都直呼其名，那感觉姐姐就在身边，我去台商支行工作时，她已是市财政局国库处处长了。财政局在台商支行有一笔三年期金额为一亿元人民币的社保存款即将到期，因财政局新规，在同一家商业银行只能开一个账户，因此到期就得转走，我便去找她。未数日，她来电话说社保需要新增一个备用账户，申请报告已送达人民银行，让我去催一催。

我在人民银行科技科时的好兄弟刘玮，曾长期担任国库科科长，负责对南通市各级国库的指导管理，我在桃坞路时，南通开发区、崇川和港闸区也曾给我一些存款，恰巧，他被调任海门市人民银行行长了。科技科另一兄弟李贵荣，时任调统科科长，领我去找我离开时尚未进行的小科长，最终应该是要行长批的。

帅建长期担任三友集团财务总监，是一个非常严谨和遵守规则的人，也是十分重情和念旧的人，从不因为对银行方面有所帮助而居高临下。三友集团上市后资金量是很大的，一次其部下我的黄保和大哥，不知怎么弄错了，转了四千万至小石桥支行，帅总急急忙忙赶来当天便转走了，只因三友集团是分行营业部服务的客户，唯恐引起误会。在我任支行行长的十年间，走过三个支行，帅总一直给我以极大支持，从未中断，存放我处的均为三友集团母公司友谊服装厂和子公司三和服装厂的资金，真是难为他了。

黄建国原为万德电子副厂长，他爱人陈勇芳是我在国外部时的同事，当年行里分房时，他拿207，我拿307。他开朗直爽，特别随和，两家人像兄弟一样。一次，他们公司董事长顾成华到他家玩，人比较多，周勤去帮着忙饭，大概觉得周勤挺能干的，直爽，于是大家成了朋友。我任支行行长的第一年，顾董事长给我一千万存款，一直存到我行长生涯结束，其间还不断做一些票据业务。他是一个非常慷慨、讲义气的人。

万德电子是新加坡的上市公司，每年审计时须来交通银行开询证函，那是中间业务，是要收费的，我便忙着向分行申请、报批，然后为他们公司免去三百元询证费。这就是支行行长，不当也罢。

徐爱民任台商支行行长的时候，我任小石桥支行行长。为了抢殡仪馆的开户和她成了竞争对手，大家皆动用了行外资源，最后她找财政局局长施加影响，柴行长知道后的结果便可想而知了，大家都落得吃力不讨好。她的错误比我严重，但未影响其进步，后来还是当了南通分行分管公司业务的副行长。

她是一个非常好强的人，雷厉风行，不达目的绝不罢休，她真的是一心扑在工作上。我认为促使她离开交通银行的主要原因，还是受到巨大的压力。

台商支行是她走出去的地方，我到台商任行长时，为我配了两位助理，一位分管公司业务，一位分管个金业务，三年后依然是两位助理。周文捷，我在城东时便与其一个党支部，也是十多年党龄的老党员了，工作很努力，业绩也不错。尹胤，是武汉大学经济类研究生，道德修养和业务水平都很高。徐爱民作为分行副行长、党委委员，对他们是很难交代的，完全折射了当时南通分行的混乱和领导班子的不团结。

走，是情理之中的。半个浙商银行是交通银行跳槽过去的人，台商支行贡献了两位行长、两位对公客户经理和一位对私客户经理等业务骨干，正在为南通自来水公司做项目融资的分行公司部总经理及产品经理也一并跳槽而去。

自来水公司分管财务的副总原为徐爱民的中学同学，交通银行争取到自来水公司项目融资与此是不无关系的，客户经理、产品经理、公司部总经理都走了，随徐爱民走了，我还怎么做呢?

中层干部会议上，那位行长说：“自来水公司，如果你们带我去了，即使做不成，我死也瞑目了。”我知道，我的支行行长到头了。2013年初，分行调整我去风险部任副经理。

现在想来，是否安排领导拜访自来水公司，可能并不重要，重要的是立场要坚定。徐爱民在台商支行深耕多年，任分行行长后也一直关注台商支行，对台商支行应该是照顾有加的，她能带走台商支行的人，带走客户是可以预见的。在当时的情况下，其实我只有两个选择，一是跟随去浙商银行，二是要及时向领导表决心，最好是对跳槽去浙商银行的人有所揭露和批判，恰恰两者我都没有做。

当面对此类局面时，分行党委书记最好能亲临支行与相关人员面对面做一些解释和澄清，了解员工的思想、安抚员工的情绪，适时给一些工作、生活方面的鼓励和关心。我相信台商支行的大多数人最终没有走，可能有多种原因，但无论是什么原因，都应得到肯定和关怀，否则，人心就凉了。你没有一个人露面，任凭事态发展，说明已经彻底放弃了竞争，放弃了阵地。

到风险部应该是有故事的，但我不知道发生过什么。去的时候，袁伟行长找我谈话说，你不容易，吃了很多苦，分行党委对你的工作是肯定的，因为台商支行发生的事情，工作调整很正常。原本要让你去渠道部的，但到那儿，你就被彻底边缘化了，接着便叮嘱我到了风险部以后，过去的客户和朋友一个也不能丢。

袁伟小我两岁，进人民银行也比我晚，因进行后一直在外管科刘昌继的领导下工作，于是一路跟随到江苏银行，竺鹤任江苏省分行行长时，因其在外管时和竺鹤的老交情遂跳槽至交通银行江苏省分行，任大客户四部副总经理，几经折腾又回到南通任副行长，因为我们有一些共同的经历和朋友，自然比较亲切。当然，还有一个原因我是明白的，那就是他是一个非常有雄心壮志的人，是要干一番大事业的。在他看来，风险部显然重要，可能认为我去是合适的。不巧的是，他不久便离开了交通银行，风险部便不需要我干什么了。原本让我去处理钢贸问题的，但省分行钢贸办的同志多次来南通检查布置工作，一次也没有通知我参加。处理钢贸不是好差事，但重要，重要的事情不让你干，那你就结束了。2014年5月，保留我一个正职的“待遇”，安排去港闸支行任副行长，充实基层。

我在支行行长岗位上干了十年，虽无精彩和辉煌，但有堂堂正正和兢兢业业。这也应该是每一个金融从业者应该具备的最基本素质，自觉扪心无愧。

十年，我走过三个支行，没有放过一笔有问题贷款，也可以说是源自于一份责任和良心。首先，不违反国家产业政策和总行信贷政策，不包装，不打擦边球。其次，实事求是，不做假报告。

2012年明德重工的经营状况已经严重恶化，在台商支行的四千万流动资金贷款到期收回后，我实事求是地反映了企业状况，其实是不符合分行领导期望的。有行长说，只要你们想放，省行的工作我来做。但我们还是如实写报告没有做文章，交通银行得以全身而退。在台商支行时，有领导推荐越江棉机让我放贷款，我没放。后来有人放了，贷款一到期就成了不良资产。

我管理的客户和存款都是货真价实的，客户基础是非常好的。2010年以前南通市的上市公司屈指可数，因为种种机缘，我很早便与通富微电、南通科技、江山农化、三友集团、万德电子等多家上市公司开展了业务合作，兴仁的宝达集团是厦门国贸的子公司，财务老总张正权跟我关系也很好，在季红兵姐夫的斡旋之下东源电器也开了户。

这些优质客户往往需要全方位的合作，对银行要求很高，包括产品、服务、价格等等，这些公司的业务我确实没有做透，需要一定的时机与时间。但他们对我的人品都是认可的，因此即便在各项业务受到浙商银行极其猛烈冲击的艰难情况下，绝大多数客户依然维持了和我行的良好合作，台商支行综合考核没有跌进后三名。

我的遗憾在于中端和房地产客户发展不够。中端客户运用得好对银行的贡献度极高，杠杆效应十分明显，而且维护也相对轻松。2003年，南通四建、五建在小石桥支行均有结算，通州建总、新华公司等都有很好的营销切入点，南通路桥和天一置业等许多客户也接触很早，有些已经开户了，但当时交行的信贷政策对建筑和房地产行业是限制的，碰了几次壁以后，便失去了为其授信的信心，最终放弃了。后来通州支行、如东支行相继成立，这些企业均成为他们的支柱性客户。

这也暴露了我的性格缺陷，缺少韧劲和黏性，分行宝贵的信贷资源往往轮不到我。我可以不断地去营销客户，但不愿意在行内营销，尤其不喜欢在不同的行长和部门之间来回游说和疏通。前期营销时，一般很少请领导出场，既要安排客户的时间又要安排领导的时间，我嫌太麻烦。我经常独自闯去看客户，人家有空便谈点事情，增进一些感情，不在或是很忙便再找另一客户聊聊天。因为没有领导参与，他便不知道你在干什么，客户营销回来，他对情况就不那么熟悉，也没有成就感，后期合作也就没有那么顺畅。

单打独斗，不请示，不汇报，不表现，不懂借力，万事不求人，这是我一生中最致命的弱点。溜须拍马的话我不会说，低三下四的话我也不会说，损人利己的事我不会做，不择手段的事我也不会做。你走你的阳关道，我走我的独木桥，一条道走到底，宁折不弯。工作几十年，我好像从未脱掉读书人的懦弱和呆板，更少了一些行走于江湖的老道。

2013年，家中发生了许多重大事件。上半年女儿结婚，下半年便抱孙子了，不久岳父去世，我必须承担更多的家庭责任。心情也不好，感觉在支行行长的岗位上刚刚渐入佳境便被调离了，确是有些心有不甘。同时，在风险部因时间、精力等诸多因素，我放弃了和所有朋友的联系。那年我换了一部手机，不知什么原因微信登录不进去了，只能重新申请一个微信号，我便再未加原来的朋友。包括任新锋先生，曾给我很多帮助，我也十分敬重其人品。他们工作都很忙，我没有必要打扰别人，在他们的手机里，我的朋友圈永远定格在2013年，如果有缘，我们还会再相聚的。

为社会、工作和家庭，为梦想、荣誉和自身价值，也为了生计和生存，在时代的潮流中，时而奋勇搏击，时而随波逐流，终于可以歇歇脚，喘口气了。千里之行，从此人到码头船靠岸。

第四章 夕阳唱晚

月落林梢

石作枕，醉为乡。
藕花菱角满池塘。
虽无中岛霓裳奏，
独鹤随人意自长。

一、铁打的营盘

最美不过夕阳红，温馨又从容。因分行人事布局的需要，意外地赋予我奢侈地享受温馨、从容和坦然的权利。

我温馨，是因为港闸支行的每一个人都那么热情、友好和善良。2014年5月我到港闸，在这里工作了八年，港闸支行的员工一茬茬地换，但每一位都给我留下了极其深刻的印象。

戴世良主任和陆雯洁行长是我在城东支行时的同事，易璐行长是在城西支行时的同事。顾瑞霞、季晓燕、沈炜稀、陈海霞是小石桥支行的同事。李志伟、丁滢滢是桃坞路支行的同事。周燕燕、朱丽丽、赵巧玲和偶炎是台商支行的同事。个个好像分外亲切，只要我请他们帮忙干点什么，他们都非常乐意和十分热情，唯恐没有做到让我满意的样子。其实，在这部门同事到另一部门继续同事的情况在交通银行非常普遍，他们对我的那份尊重和友善，真的让我受宠若惊。

周燕燕是台商支行的客户经理，密切合作最早，朱丽丽从台商支行到港闸支行，同事时间最长，毛烨虽进行稍晚，但一段时期因工作关系接触比较多，亦即意味着对我的照顾也比较多，她们对我的关怀和帮助，令我终生难忘。

还有那个比我小十多岁的保安“张大姐”，既是大姐，也是小妹，她比我有钱，她家是拆迁户，每天却干着比我辛苦很多的活儿，她对工作和生活的热爱，对同事和朋友的热情，真的是我学习的榜样。

限于篇幅，不一一列举了，我爱港闸支行的每一个人。

我从容，是因为支行领导对我十分照顾，未给我太大压力。

左辉行长其实仅比我晚一年退休，每天看着她风尘仆仆、日理万机的样子，其实挺心疼，但我也没有办法，实在帮不上太多的忙。

朱莹煜行长对我很照顾，我原以为他对所有人都这样。后来他调任营业部主任，在那里带领员工夺取了“中国银行业全国百家示范单位”，我终于明白了，他是对自己、对员工要求极高的人。

张剑锋行长年轻、能干，是南通分行最年轻的“老行长”。他父亲当年是港闸区最能干、最尊重市局“领导”的老派出所所长。我便学着当起支行最尊重行长的老员工，也是最尊重行长的副行长。

交通银行的支行一般有一位行长，一位分管公司业务和一位分管个金业务的副行长，我是港闸支行分管党建的副行长，这个职位在别的支行是没有的。我十分热爱党建工作，我的工作也比较得心应手，因此，我也比较从容。

我坦然，因为我没有对不起交通银行，也没有对不起交通银行的客户和同事。

对公条线人手比较紧，但贷前调查和贷后监控均须双人完成，於茂凤行长有时也安排我一同拜访客户，我总是欣然随同前往。客户称呼我丁行长，我也坦然应一声，那是人家客气，只要在银行工作你就没办法阻止别人叫你行长。

黄秋艳行长称卉姐为姨奶奶，“辈分”很小，但她布置工作时，我都坦然接受并努力地完成，她不是安排我为自己做事情，而是安排交通银行的工作。

什么时候看淡了、看开了、看透了，你就什么时候尽情地享受坦然。但无论多么坦然，你都无法坦然地接受南通分行的式微。曾几何时，南通分行像光芒四射的太阳，难道真的要日薄西山了吗？走到今天如此地步，绝不是时代的必然，而是放弃了企业文化建设和人文关怀的必然。

相信将来会有许多同事读到本文，但我还是想说，南通分行没有想象的故步自封，没有视野的坐井观天，没有包容的因循守旧，没有担当的老气横秋，没有情感的居高临下和没有思想的唯唯诺诺，林林总总的现象是有的，南通分行还是大行吗？

我行有一干部群，那是最能体现集体智慧和最能代表一个单位精神风貌的地方，但读到的永远是“收到”“学习”“转发”这三个词的组合。港闸支行仅二十多人，却能使你充分体味年轻人的思想活跃、思维敏捷和情感丰富，别出心裁的创意常常令人眼前一亮，风趣诙谐的语言令你乐不可支，若是进到干部群，保证个个小心翼翼、亦步亦趋，判若两人。

这，就是企业文化。企业文化是长期形成的思想习惯和行为习惯，一旦形成，根深蒂固。换一任行长或党委书记，短时期内可以作一些改变，提升经营业绩，但很难改造人们的思想，短暂的提升往往昙花一现。周毅平行长来南通后，可以用三年时间将南通分行从辖内垫底带到全辖第一，但无法用三年时间改变南通分行的企业文化。但他脚踏实地、身体力行的工作作风和尊重人性、善待员工的人格魅力令人敬佩。

二、带酒窝的行长

周毅平行长在南通工作三年，对我的关怀、友善和尊重，令我终生难忘。他是常州人，读大学时我们班团支部书记是常州人，校党委书记以前是常州市委书记，南通分行新来的党委书记也是常州人，我似乎有一种天然的亲切感。他和我差不多高，两个酒窝比我深也比我大，让人感觉温文尔雅，很温暖。

周行长毕业于东南大学，是学计算机的，思维清晰，记忆力特强，对于谁毕业于哪所院校总是记得很清楚，经常夸赞赵总是苏州大学的，钱总是南京理工大学的，谦卑背后可能隐藏着一丝看不见的自信和自豪。他为人谦和，工作务实，经常独自一人来支行了解情况，鼓舞员工士气。

他于2016年临危受命来南通分行任职，2019年9月离开时，已经连续四个季度在全辖综合考核中名列第一，将南通分行从三等行又重新拉回到一等行。

周行长首次来港闸，是自己一个人来的。支行四位行长坐会议桌的这边，向另一边的周行长汇报工作，他让我过去坐他身边，我当然不会。还有一次来港闸，他问，你们四位行长一人一个办公室，能不能腾一间做员工休息室，我说我搬出来，他说你不用，你单独一间。这些都反映了他对老员工的尊重，当然也可以理解为是领导艺术，但只要是艺术便会感染人，给人以艺术的享受。

2018年春节前，在周行长亲自关心指导下，中标了通州湾地区的社保卡。为了确保在节前让退休人员拿到工资，分行抽调大量人力深入到每一个村进行社保卡激活，员工们非常辛苦，有的中午吃不上饭，有的嗓子喊哑了说不出话，周行长多次前往慰问，我也代表支行去看望了我们的前线同志。

一到现场，眼泪真的止不住往下掉，那不是看不得同志们所受的辛苦，而是看到曾经的南通分行又回来了的感动，刚刚走出校门的大学生就如同我们当年一样。这次活动，真正的是南通分行重新迈步的宣言书、宣传队、播种机，南通分行缺的正是长征精神，只有真正贴近市场、贴近群众，努力服务社会，把艰苦奋斗的优良传统一代一代传承下去，才能到达胜利的彼岸。

在春节前的开门红动员会上，我看到了周行长真诚的感动和感谢。他要求将年龄大的老员工换回来，最前线的老同志未必听到了，也没有了解过执行情况如何，但他宽广的胸怀和宽厚的人格，令人高山仰止。

不久，周行长便奉调回常州了，他在南通工作的几年非常辛苦，我本应该去问一下他的，要不要我帮忙也干点什么，未能帮上他一点忙，是我的一大遗憾。

三、迎阳春庐

我喜静而不好动，不喜欢热闹，不善于交友，也较少参加各类娱乐活动。仅在国外部时，因当年大家都比较年轻，中午一起打打“八十分”。国外部打得最好的是竺鹤，左撇子，记牌和算牌都十分精准，确实厉害，排名第二的是沈玉梅。可在国外部举行的唯一一次扑克牌比赛的决赛中，我和陈健把他俩给赢了，为此玉梅小姐耿耿于怀了很长一段时间。

我是个酒盲，陪客户时哪怕喝一点，脸红手也红，一般都不会让我喝了。我不太喜欢茅台酒酱香型的味儿，喝五粮液跟喝最普通白酒的感觉也是差不多，确实喝不出有何区别。品酒绝对是一门技术活儿，是要有天赋的，我不太相信有那么多人能品出茅台和五粮液的甘醇，更多的人，品的仅仅是中国的文化。

闲来，听听音乐。

我最喜欢二胡和小提琴曲子，尤其是忧伤的二胡曲，如《二泉映月》《阳关三叠》《江河水》，听到这些曲子仿佛回到一个宁静的港湾，静静地安抚着心灵，十分安慰。我喜欢较为经典的曲子，经常听《梁祝》《孟姜女》《斯卡布罗集市》。我喜欢宋祖英的歌，歌声甜美，婉转流畅。我更喜欢年轻的蓬勃和奔放，青年歌坛，百花吐艳，姹紫嫣红。王莉和王莹，或清澈甜美，或清雅脱俗，成熟又蹁跹，高亢而空灵。倪雅丰的《悲壮》，慷慨悲歌、如诉如泣、声声啼血，令人潸然泪下，寸断肝肠。龚爽版的《沂蒙颂》《我的祖国》和陈燕妮的《葬花吟》《谁料黄榜中状元》，清脆甘甜的歌声仿佛天籁，沁人肺腑，又如清澈的溪流在心田流淌，天才地将经典演绎成新的经典。

每周回乡下看一下母亲，大早上去，吃完午饭回。一来是看看母亲，二来是去租种的半亩田里修理苗木。母亲身体状况不错，我不在家的时候，便将田间管理工作全都完成了。等到盛产蔬菜和水果的季节，便带一些回城里来。乡下种了桃树、梨树、柿子树，还有李子、橘子和枇杷，另种了些黄杨和雀舌罗汉松，留待退休以后修修剪剪。

离开一线后，令我最满意的事情，是翻修了乡下的房子。

2005年元旦，南通下了一场史上罕见的暴雪。幸好放假前周勤将父母从乡下接到城里，正暗自庆幸。不想吃午饭时，父亲突感身体不适，便独自回房间休息，而后竟渐渐说不出话来，送医院后经抢救无效离世，享年七十六岁。

父亲晚年患有多种疾病，每当病情发作时，村里的医生来打两针就没事儿了。元旦前身体不适，去老邻居吴叔叔退休后服务的前进门诊部就诊，每天还在挂水，总以为城里的医疗条件比农村好，没想到不幸竟然在城里发生了。

父亲辛苦了一辈子，晚年本该可以享几天福了，十分遗憾地就这样走了，所幸的是未经受太多痛苦的折磨，愿老人家在天堂安息。

其实，在父亲去世以前，考虑到二老在五总乡下没人照应，因此将他们的户口从五总迁至十总，并在大姐家旁边申请了一块地准备盖房。父亲十分开心地参与了新房筹建的前期准备工作，但天不遂人愿，他未能见到那一天。

新房子位于通州区十总镇迎阳村，2005年建成。翻修后面积有所扩大，我为其起名为“迎阳村庐”。周勤的同学来我家聚会，知名书画家马侃大师挥毫泼墨、笔走龙蛇，留下了“迎阳春庐”的墨宝。一字之师，将春天的故事刻画得入木三分，盎然春意跃然纸上。迎阳春庐虽坐落于乡村，但地理位置并不偏僻，西距南通市主城区约三十公里，东距通州湾港口工业园二十公里，向南二十公里便是南通新机场。

随着城市化的快速推进，南通的乡村越来越少，有钱人挥洒千金、千方百计地到远离喧嚣的郊外购置别墅，但买不到土地的芬芳和浓浓的乡情。

我家和大姐家相邻，前院围着两亩多的池塘和菜地，屋后是小河。春天桃花盛开、梨花带雨，秋日菊花怒放、丹桂飘香，夏天门前池塘有红菱，冬日屋后小河鱼虾肥。朋友送的一株凌霄已然爬上二楼，花儿开了煞是好看。然后，我在河边种上了几株芭蕉，努力地模仿起文人墨客享受雨打芭蕉落闲庭的清雅。

云芳表姐曾建议把房子盖在十总镇庄上，但我还是选择了村里，一来与大姐紧邻，便于照应，二来邻里和睦，姐夫的弟弟亦居于此。其一子一女均在南通工作，女婿王成龙为中石化南通储运分公司老总，安徽人，娶了南通的媳妇，融入南通家庭的同时也融入了南通的乡俗和文化，酷爱“笃子胡”，只要有机会是定要跟周勤舅妈切磋一下的。每逢节日，小丽一家回来了，大家都回来了，十分热闹。

农村最大的缺点还是少人气，假日一过，年轻人便回城上班了，当奶奶的要回城带孩子，确实过于冷清。

周勤的英国同学说，在家开个民宿。的确是一个好主意，每天晚上看着孩子们回来，第二天再看着孩子们走，不为别的，只为驱赶孤独。

周勤于2018年12月31日办理退休手续，不用上班了反不适应，于是加入了市纪委巡察组，以保留一个了解外部世界的窗口。上下半年各一期巡查，每期三个月。

闲来，便约朋友来我家玩，她们有小唐、小樊和小曹等“60后”的小字辈，还有陈铭、肖勤和徐英俊等不知天命的青娥。小曹最小但情商最高，只要我家孙女儿回南通，请吃饭是必需的。后来，她不来了，周勤去看她，因为怕她累着，见面的时间也很短暂，再后来，就只有朋友们的惋惜和怀念了。小曹，将最美丽的笑容和最美好的回忆留在这个世界，走了。

周勤退休后，岳母便与我们共同生活，因其股骨头坏死，换了一个进口的，恢复情况不错。

女儿随女婿去天津发展，表现出较好的自我发展能力。将个人资料在网上一发布，迅即被一家猎头公司录用，未满一年跳槽至上海奇柯集团天津分公司，在那里当上了人力资源主管，后又被经她办理离职手续的员工推荐到忠旺集团天津公司任行政主管。去年，该公司和京东终身荣誉顾问李大学共同投资成立了科技公司，大概因为一点点人资工作经历，安排其任新公司人资行政部经理。能进入业内精英的团队、与许多优秀人才一起，为了同一个目标而共同奋斗，实乃三生有幸。

我想告诉她的是，人生每进一步都是极为困难的，要有充分的准备、要有实力也要有机缘，在现在的岗位上，踏踏实实地将工作做好，做到令人尊敬，就是一种圆满。做什么工作、拿多少薪酬并不重要，自己觉得工作有意义就好了。

想对女婿王天雨先生说，我的女儿是优秀的，有能力的，为了爱情放弃了很多，包括亲情、朋友和良好发展机会等等。如果哪一天她心情不好，小姐脾气了，请你一定要包涵，要理解和给一些安慰，她是一个胸怀宽阔、富有牺牲精神和道德高尚的人。

外孙女悠悠出生在美国，小名小米。那年，我和周勤去美国看孩子，到其居住地已夜里十二点了，把熟睡中的小米抱起来，她居然朦胧地睁眼给我们一个笑，那种感觉实在是太美妙了，也许这就是血脉，未经教育，完全没有意识，就是跟你特别亲。

跟我儿时一样，不足十个月便离开出生地，扎根在新的故土。小米居住天津，每年来南通两次，这是她最幸福的时刻。小米大方，情商高，无论生人熟人都有说不完的话。小米好强，不会走就想跳，学走路不久，一次突然问我："哥哥姐姐都会跳，我不会跳怎么办呢？"忧患意识挺强。我充分相信小米将非常健康地成长，唯一要对她说的是："你的未来在中国"。

第五章
朝花夕拾

月落林楠

日日春光斗日光，
山城斜路杏花香。
几时心绪浑无事，
得及游丝百尺长。

有一首歌叫《朝花》，黄霑作词、邝美云原唱，歌词的大意是：朝来花儿盛满天，晚风吹落花似泪，旧梦流过旧地。笑一笑将花絮拾起，轻抚那些美丽，深呼吸，亲香气，已无愧生命，朝梦无尽期。

生活就是那样美，但人们总是风尘仆仆、行色匆匆，来不及品味。夕阳西下，深呼吸，你一定会闻到充溢于身边美的香气，福至心灵。

微信群作为一个社交平台，确实满足了人们一定的心理需求，老同学、老朋友在群里叙叙旧、聊聊天，是可以起到增进了解、愉悦心情的作用的，在关怀的亲切和幽默的畅快中陶冶人生情操。随着阅历的丰富和人格的完善，群友们目光愈加敏锐，思想日臻成熟，在交流过程中，人们不时可以欣赏到思想碰撞的智慧之光。

本书试图做一点点尝试，朝花夕拾，摘取了部分聊天记录，以管中窥豹之肤浅，来体味中文语言之精妙和中华文化之深厚。

在特殊的时间点和特定环境下，群聊内容记录了群友们的友谊，体现了群友们的品格，展示了群友们的风采，但因每个群的历史和背景、成员的故事和特点不为外人所知，阅读者因不了解群聊的上下文联系，进而情感和情绪难以契合，重复当年的故事是不可能的，但若静心细品，还是可以体味一些生活的生动和平凡的高尚。

在聊天记录的编辑过程中，首先，对群友的姓名进行了虚化，以防不经意、不恰当的表达被引用而造成伤害，同时也避免了对他人隐私可能的侵犯。其次，尽量保持平台大众化、语言通俗化的基本特征，非逻辑性错误未作过多的语法修改或文字修饰。但因语言规范性的要求，对聊天中的网络用语、方言俚语等还是进行了适当的调整，删除所有表情符号的同时规范了标点符号的使用，虽失却了一些生动但更显清爽。客观上，编者加注了标点便加注了自己的理解，但读者无须拘泥于此，大可自由地想象体悟语境的奥秘和语气的奥妙。所谓“群聊”，本就是一种开放的体验。第三，从形式看，平面的书本确实难以虚拟立体的丰满。但是，网络世界中的朵朵浪花、片片云彩只有投射到书本上的刻画才能历久弥新，经久不息地散发或是浓烈或是淡雅的芳香。本章不追求形式是否生动，不拘泥格调是否高雅，只传递网友的思想情感，传送他们的思维逻辑，传播他们的人生态度。在这里可能读不到文人雅士的郢中白雪和高情远致，但可以粗浅地体味一下中文语言的精深奥妙和丰满厚实。

为了方便读者有选择性地阅读，我为每一段小对话加上了标题。这些标题或是对话内容的概括，或是其中较为经典的一句对白，或是基于对话的情感抒发和人生感悟，不一而足，但愿这些小标题能为您织出美的霓裳。

一、麦苗青菜花黄

五总旧称“五总埠子”，一条南北向的老街有一公里长，其规模已超过许多小镇了。

五总是有十字街的，从十字街向南不到两百米的一个路口往东，依次坐落着五总小学、五总农中（初中）和五总中学（高中）。因东西向的老街较短，出五总中学东侧的北校门就不在五总街了，而是五总的东郊。春天，这里麦苗青青绿意盎然，油菜花香沁人肺腑。

我是1977年考取五总中学的，和1976年不同，1976年普及高中是不用考的，而我们1977级的同学，个个都是一百个里才挑出五十的志学少年啊。

全年级三个班共一百九十人，因农村的基础教育相对落后，跟城里的孩子竞争还是比较吃亏的，高中毕业后考取大学的不是很多。直至四十年以后，老同学重相聚，我终于明白了，原来五总中学和五总这块神奇土地教给我们的，已足以令大多数同学不需要读大学了，那片广阔的天地不但培育企业家和银行家，更造就文学家和艺术家。

2017年，在南通工作的同学小聚，余玫同学果断地拉起了同学群，亲自担任群主并为新群起了一个非常诗意的名字——“麦苗青，菜花黄”。

2019年，为筹备高中毕业四十年聚会，“麦群”发起成立了一个涵盖1979届全体同学的大群。我们聊天的主战场随之转移了，但“麦群”的精神不断发扬光大，“麦群”的风格得以继续传承。男生们一如既往地像当年的青青麦苗，无声地拔节，女同学则犹如金灿灿的油菜花，馨香醉人。

但无论主动还是被动，热烈还是深沉，那种浓烈的、充满友爱和友善的同学情却是无法掩饰的玉壶冰心。

恰同学少年

淑琴：看到高中毕业照，太感慨了，有些人的印象已模糊了。十七八岁的年纪，一群懵懂少年，好稚嫩，好可爱啊。

丁杰：是啊，真是青春少年，班长后来还是长高了不少哪。

淑琴：你好像那时已经长开了，有了帅叔叔的雏形？

丁杰：我也不知道啊，大概吧，没法确定。陶永进左边两高个儿，谁记得叫什么名字？

淑琴：是一位老师。

丁杰：挺年轻的，我还以为是我们班同学呢。

淑琴：看来灵光的你也有眼盹的时候呀。

丁杰：不灵光，要不就不是现在这样了。

淑琴：哪里，你又谦虚了，刚才雨玫还说你自信得不行了呢。

丁杰：吹牛可以，动真的不行。

淑琴：想起陶永进旁边的是谁了吗？

丁杰：你就直接告诉我们吧，又没有什么秘密。

淑琴：那位老师的名字不记得了。

丁杰：不会吧，这么帅气的老师不能忘啊！

淑琴：那你怎么对他没印象了呢？

丁杰：记得政治老师，我特别喜欢听他的课。

淑琴：于水莲，看来任课老师都还是能记得住。

丁杰：刚才那个老师不任课？

淑琴：不任我们班的课，二班的班主任。

芳华

云儿：《芳华》值得一看，我们就是那个年代过来的。

丁杰：刚入学时就听说你参军，特别羡慕你们的青春岁月，神往而神秘，神圣又圣洁，有了这样的经历终生无憾。

云儿：对的，军旅生涯令我终生难忘，也是我一生的财富。那时我在体工队打篮球，比文工团更辛苦，训练非常严格。

丁杰：当年想去你那儿玩，可是没有你的联系方式。

云儿：这是我的影集，《曾经的我》。

丁杰：青春芳华！最喜欢三张黑白照，平和而生动，宁静但是充满魅力。每张照片都烙有时代的印记，现在时代太芬繁芜杂，看了这些照片，就明白人们为什么怀旧了。

云儿：谢谢你的点评，这是我前年学摄影时，让你见笑了。

丁杰：不是点评，是欣赏。

云儿：刚才看了主题还不够明确，未能很好地表达早年军旅生活。我在准备一些资料，以后会做一个画册。

丁杰：很有意义。

云儿：其实我的黑白照片很多，因为没有把时间记得很清楚，所以没有整理好。那个年代给我们留下了太多的记忆，这些照片我还是保存得很好的。

丁杰：等你有时间了慢慢整理，我们耐心等待。

老班长

淑琴：时间过得真快啊，一晃成年了，一晃中年了，一晃当爷爷奶奶了，印象中的你有些少言，也有些小女生样的文静。

丁杰：当年不太好意思和女同学说话，现在好像没有那么多男女隔阂了。其实不说话挺好，女同学的印象还蛮深的。

雨玫：你不爱说话，不影响我们喜欢你。

淑琴：非常正确。

弈林：一篇文章引出了三名互为知音者，这篇文章确实写得不错，虽然充斥痞性，但内容甚至有着一定的哲理。

淑琴：难得班长有空出来进行总结性发言了。

丁杰：弈林，曾经的你是所有女生心中的偶像。

淑琴：同学四载，我们的班长那时候就是这样有腔有调，一贯的领导气场。

丁杰：其实还是情有独钟的，那天都跟我们大家讲了。你知道班长说什么了吗?

淑琴：同学聚会说得最多的就是这些话，闹一闹，笑一笑。

丁杰：有认真的成分。

淑琴：比起现在的孩子，我们那时太青涩了，一个个都是乖孩子，尤其班长更是好孩子。

弈林：谈不上是好孩子，幼稚的善良少年。

淑琴：知道吗？初中那时候你就很会当领导，给人的感觉“端”得很像个样子。

弈林：我们这群人即将面临退二线以及退休，因此不要谈什么领导，大家也不再年轻，不要做愤青。对外，我们相信党和国家，对于我们自己，保持平和心态，快乐地过好每一天。

丁杰：对的。但领导总归是领导，退休了也是老领导，正如老班长一样。

弈林：对了，我还说过要实行干部终身制的。

丁杰：就是终生了，职务还得给你保留啊。

弈林：你是狗嘴里吐不出象牙，成天就想着拐弯抹角地攻击别人。

丁杰：真是狗咬吕洞宾。

雨玫：磨牙费嘴，四十年改不掉老毛病。

令公桃李满天下

瑾华：我计划周六回南通，晚上与家人聚聚，周日中午与各位共贺陈老师七十九岁大寿，晚上乘6点10分的飞机回北京。贺寿、撞杯，与大家相聚的目的实现了，我想一定幸福无比。

弈林：你专程回南通参加此次活动，必定会给老师和师母以极大的安慰，其他同学毕竟都在南通，这是有很大区别的。

姚煦： 此次活动非常圆满，瑾华同学率真可爱。

丁杰： 瑾华，你的真心很动人，是我们的学习榜样。

宝骏： 真的要特别为瑾华点个赞，所有的同学都很优秀，我为大家也为自己点赞。

丁杰： 自己点的赞不算，你先帮我点赞，我再帮你点不就好了吗？

宝骏： 这是自信的表现，现在时兴为自己拉票。

弈林： 姚煦，将垫付的钱归集一下，按事前说好的方案落实。虽然钱不多但你不要客气，原来怎么说的就怎么办。

宝骏： 姚煦，加一下好友，我把钱转给你。

姚煦： 也可以用支付宝。

丁杰： 不转钱不能加你好友吗？

姚煦： 你说呢？

丁杰： 我没什么可说的了。

宝骏： 丁杰你要听姚煦董事长的话。

姚煦： 要乖啊。

丁杰： 要的，要的。

人勤秋来早

淑琴： 南京今天很热，明天开始气温就下降啦，到周五就只有24度了。马上就要和盛夏酷暑说再见了。

丁杰： 这么快就降温了，南京人勤秋来早啊。

淑琴：是的。

丁杰：秋天好，收获的季节，每一粒都沉甸甸的。

淑琴：啥时候变成大诗人啦？油菜花开的时候也很美。

丁杰：是啊，秋天来了，春天还会远吗？

姚煦：淑琴太会聊天了。

淑琴：杰哥更会聊天。

姚煦：他最会点题！

淑琴：你难得有空聊啊，很忙？

姚煦：主要是才疏学浅，看你们聊那么诗情画意的课题，不敢插嘴，只有学习的份。今年热得够呛，你在南京够你受的。

淑琴：姚董事长巧舌如簧，全世界都知道。这段时间我基本上是昼伏夜出，和太阳躲猫猫。

姚煦：什么时候趁夜色回来看看我们？

丁杰：够辣的，可不敢见董事长啊。

愿你开心每一天

丁杰：挺细心啊，发起红包来又主动又殷勤，不过我猜美女教授更喜欢玫瑰。淑琴教师节快乐！

淑琴：哈哈，杰哥哥太有才了。谢谢你的玫瑰花，更谢谢你的诙谐带来哈哈一笑。

丁杰：不是诙谐，我真的对老师很崇敬。我感觉人生最大的遗憾是没去当老师，桃李满天下，太幸福了！

淑琴： 还不诙谐呀？反正有这样一种感觉，你穿上大长褂都能赶上郭德纲了。

丁杰： 现在的相声都逃不过包袱加庸俗，杰哥哥不是。

淑琴： 那是。你的风格自成一体，清新而脱俗。杰哥哥太棒了。

丁杰： 琴妹妹太捧了。

淑琴： 了得呀，大才子。

丁杰： 不敢，就是找点乐。

淑琴： 太高兴了，没在意手一滑出来这么一个表情。

丁杰： 下意识就是内心的真实表达啊。

淑琴： 和你聊天真开心。

丁杰： 谢谢，愿你开心每一天。

精品与快餐

雨玫： 敬请欣赏《秋日私语》。

丁杰： 大美，令人陶醉！为什么当年大家辈出，才子才女令人眼花缭乱，难道现在的文化还不如过去先进吗？

雨玫： 因为这个时代很浮躁，必然只能出快餐，出不了精品。

丁杰： 一针见血。

宝骏： 快餐也很好，我们也需要，没有快餐就映衬不出精品。

丁杰： 对的，红花得靠绿叶扶啊。

宝骏： 十月二号的活动安排在南山湖边水岸人家酒店玄武湖厅，大家早点过来聊聊天，建议三点集中。

丁杰：宝骏请客大家应该热烈点吧，真的把自己当客人呀。

姚煦：还是我负责接大家。

丁杰：我是说你想吃什么，跟宝骏点，想怎么玩，让宝骏陪。

宝骏：对的。

丁杰：宝骏天天为我们送快餐，这次可是为我们准备大餐了，你是同学情深啊，不过呢不要太复杂，弄几个家常菜就好了。

宝骏：你后天早点来，可以点菜的。

丁杰：我的牙掉了还没装，弄个炖鸡蛋可以。

宝骏：等我检查一下你的牙口再说。

姚煦：吃豆腐。

丁杰：豆腐是养生食品啊，必须有。

姚煦：吃了痛风。

宝骏：痛风病人是可以吃豆腐的。

丁杰：对的。但你也不要吃太多啊。

宝骏：这是水岸人家的定位。

宝骏：不要感谢，大家能来我就很感动。

淑琴：宝骏，很抱歉，二号我来不了。

丁杰：宝骏可是一片真心啊，特意选了玄武湖厅，还安排你坐在班长身边，不来这位置可让给别人喽。

淑琴：你有所不知，我和班长是邻居，初中时还是前后桌，现在这样的机会理应让给别的女同学啦。还记得你说过班长是我们班女生的白马王子。

丁杰：邻居也是缘分，也是修来的。不过别的女同学也惦念着这么多年，也在修，让一回也对。

弈林：就你的话多，唠叨个没完，后天得修理你。

淑琴：丁杰，二号和班长比试一下。

丁杰：我可不敢跟班长比试，他厉害着呢。

弈林：还没正式开场比试，话就说不连贯了，是不是有什么心虚的话说不出口啊！

丁杰：淑琴，看看班长就是那样气势磅礴，泰山压顶。

淑琴：我相信杰哥也是很棒的，同样也是气势如虹。

富士山的秋色

姚煦：好久不见，我在富士山。

丁杰：漂亮，就是有点心疼李小国同志，被折磨得有点不轻。

姚煦：李霄谷先生很幸福！

丁杰：原来是霄谷，这个名字好，难怪有这么好的福气。

姚煦：你太会聊天了。

丁杰：就感觉富士山的秋色太美了，空气都是新鲜的。

姚煦：对的，空气太好了，混合着松脂的香味。

丁杰：当年我也去过，远远地看了下，没有条件去闻一下松脂的香味，很遗憾。

姚煦：现在还可以再去啊。

雨玫：富士山的秋色很迷人。

丁杰：主要是看谷，更迷人。

青藏高原

雨玫：到时记得一路发图片，让我们一起跟着游一下。

姚煦：记住了。

丁杰：墨镜、太阳帽、防晒霜，要准备妥帖哦。

姚煦：大家中秋节快乐！我到了通天河长江源头。

丁杰：挺同情你的，我们都在家里忙中秋晚饭，你还在长江源漂泊。

姚煦：我住长江头，君住长江尾。

丁杰：日日思君不见君……

姚煦：共赏中秋月。看青藏高原。

丁杰：离天很近。

姚煦：天路，共玉高速公路，海拔4200米。

丁杰：晚上能赶上月亮吗？

姚煦：今晚准备露营，希望能够拍到高原的夜空。

丁杰：当心不要着凉。

姚煦：装备齐全。君不见黄河之水天上来，见过这样的黄河水吗？

丁杰：源头很清澈，可跳到河里沐浴一番。

姚煦：水流太急，跳进去眨眼就是壶口瀑布了。

丁杰：漂流就回来了。

姚煦：给你看看藏区的月亮。

丁杰：月是故乡明。看这个，南通的月亮又大又圆。

姚煦：那是，藏区的月亮比较高冷。

谦谦君子

雨玫：今日立夏，为大家送上祝福。

丁杰：绿树浓荫夏日长，楼台倒影入池塘。记得小时候的夏天太美了。

雨玫：丁杰诗兴大发，现在的夏天也很美，清澈的小河和池塘也有，更不用说到处花开朵朵，草木深深，入夜也有蛙鸣阵阵，清风徐徐，碧净长空也有繁星点点，皓月当空。

丁杰：小时候整天围着河塘转，夏日正是那般美好。现在感觉四季都一样，管他春夏与秋冬。

雨玫：去苏州聚会的话，瑾华能来吗？只要瑾华、淑琴能来都可以。我们这次大学同学聚会去了东山，在太湖边上转了一段，感观非常好。

丁杰：重庆能去苏州怎么不能来呢？瑾华又去重庆了？一年几次，定期吗？

瑾华：大概一个月去一次。

宝骏：我的意见是大家听雨玫的，她说去哪儿就去哪儿。

丁杰：现在是雨玫想听大家的。不过你也是对的，男人要有风度。

宝骏：我们都是谦谦君子。

丁杰：淑琴有些日子都不搭理我了，还在生气吗？

淑琴：我没生气，听着呢。只是时下在享受当群众的另一种快乐。

丁杰：女人是可以生气的，而且生气的时候都很可爱。

淑琴：情商很高啊。

丁杰：端午节在哪儿过？

淑琴：一般会回去。

丁杰：那我们可以聚一聚了。

淑琴：就那么几天，事情总是特多，拜望一下几个长辈都安排不过来。最重要的是要陪陪二老，不像你们平时都在身边，孝顺着呢。

丁杰：亲情友情都是情啊，同学该聚的时候也得聚啊。

妍霞：女人好，家里的风水就好。

丁杰：女人对自己的要求也不要太高，家里的风水好不好男人也有责任。

妍霞：你是属于怕老婆的哪一种吧？

丁杰：我不怕老婆，但有时有点怕老婆不高兴。

悟道

姚煦：出去玩两天。

丁杰：去美洲还是去亚洲？

姚煦：去苏州。

丁杰：苏州好，小桥流水。

姚煦：换个地方清静清静。

丁杰：董事长就是董事长，潇洒人生。

姚煦：退休工人而已，其他不富裕，时间有的是。

丁杰：谦虚吧，时间我们也有，钱不好挣啊。

淑琴：丁杰好，在太湖度假？

丁杰：淑琴好，刚刚才看到，上午全程认真听课，没有玩手机。

淑琴：知道你应该是正襟危坐着，大早看你聊兴很浓，想和你扯两句的。

丁杰：谢谢。原来听课可以像旅游一样享受，像山顶看峰，在海边听涛。

淑琴：那是你天赋高呀。

丁杰：你还别说，今天听了老师讲课，还真有点悟道的感觉。

淑琴：不错，悟性高。士别三十载，今天的你智商情商都非常了得。

丁杰：才知道呀，以前没发现啊。

淑琴：下面的活动是游山还是玩水啊？

丁杰：游山玩水不合适吧，我们受教育，让有钱的人去玩。

老照片

姚煦：高中毕业照。

迎鹃：丁杰是哪个？

丁杰：郭宝骏旁边的那个。

迎鹃：看看，忘记了耶。

丁杰：不会连宝骏也忘了吧？

迎鹃：是的。

丁杰：最后一排右三，右四是宝骏。

伟俊：丁杰，你是最后一排右四吧。

丁杰：哦，不好意思，你站最边上不吭声，把你给漏了。

伟俊：哈，你还记得？

丁杰：咋能忘呢？

伟俊：班长记得多。

丁杰：伟俊记得比我牢。

迎鹃：丁杰，看到了，你的脑门儿比较大，看你很聪明。

丁杰：说对一半。

迎鹃：基本对的。

丁杰：脑门大是对的，聪明不敢。

迎鹃：你是一个有才能的人。

丁杰：第一次听说呢。

迎鹃：我是第一次发现迟了。

星华：同学们好，我是欧星华。

丁杰：给你们看张照片。

姚煦：这是欧星华吧？

丁杰：再发一张。

姚煦：哈哈，还有蒋骅的美人照。

丁杰：还有。

姚煦：小婷侯，戴波，陶永进。

丁杰：让那些当年不送照片给我的人后悔去吧。

姚煦：你自己的呢？

丁杰：不给你看。你先把照片给我看，我就给你看。

戴波：谢谢老同学给我保存相片，你的照片也给我们看看。

丁杰：还想帮姚煦打掩护。

戴波：我真的好想看！

丁杰：算了，给你看一下吧。

戴波： 看到了。

继兵： 红鹃，把名字校正一下。

红鹃： 我打错了，怪不得郭宝骏说我改名了。

宝骏： 赶紧改回来，要不然同学们找不到你了。

丁杰： 像个正人君子。

宝骏： 王继兵和你过去都是正人君子，只是你现在有点不像。

红鹃： 现在不正经了吗？

继兵： 哪能啊。丁杰，南通一别三十多年了。

丁杰： 你是我们班的大才子，大学毕业以后和你见过一次。

继兵： 当时你到人行，我在教科所。哎，一辈子就这样过去了。

宝骏： 快退休了？

继兵： 想想当初小毛孩，如今奔六十了。今生今世不退休了，叫做小车不倒只管推。

丁杰： 自己当老板呀，谁不想呢。

继兵： 图个自由和清静。

丁杰： 好呀，自由顺再带着再发点财。

“善待生命”

妍霞： 丁杰你好，我在家没事干，我是享的老公和儿子的福，儿子怕我寂寞弄了两条小狗陪我。今天的事儿都做好了，十点和几位爱好唱歌的朋友去唱歌，一起聚聚，主要就是开心。

丁杰： 谁愿意干事儿呀，一起聚聚多好啊。

妍霞： 嗯，我们经常聚，不是这群有活动就是那群有活动。

丁杰：常聚常乐啊。

琳琳：一首好听的音乐《望星空》，把美好祝福送给你。

丁杰：熟悉而优美的旋律，就是少一个人唱。

妍霞：我来唱，献丑了。

丁杰：天然去雕饰，清水出芙蓉。

妍霞：唱得不好，自娱自乐。

丁杰：我们就是寻找快乐，不为别的。难怪你的命这么好。

妍霞：好什么呀?

丁杰：老公好，儿子好，还要怎样呢?

妍霞：是的。两小狗一年差不多要花掉我八千元，小白狗已八岁了，吃掉我不少钱。

琳琳：它是你两小儿子。

妍霞：两“小祖宗”。

丁杰：八千元买房子买不到半平，善待两条狗是两条生命呀。

妍霞：是的，至少要两万五千元才能买一个平方，而且是毛坯房。狗通人性，是人类的好朋友。

丁杰：就是，你的选择非常明智。

妍霞：有什么选择呢，儿子弄回来让我养，除非不养，养了就有感情，就是家里的成员。

丁杰：可是有些老同学至今惦记着吃狗肉，要当心将来有报应。

妍霞：你吃过吗?

丁杰：我没有。

妍霞：噢，好！给你看看小祖宗的视频。

丁杰：不错不错，一黄一白，很可爱。

妍霞：泰迪是香槟色。

丁杰：哦，我老土，那什么颜色分不太清楚。

妍霞：非常黏人。

丁杰：不黏人谁喜欢呀。泰迪是名字还是品种？

妍霞：是品种，白的叫初初，泰迪叫土土。沙发上的纸箱里是钙奶棒、火腿肠、狗粮。特别喜欢吃烤鸭。

罚错字

妍霞：相互监督，共同提高，用准汉字！以后写错字的要发红包哦。

丁杰：这个制度也有问题，多说多错，少说少错，不说不错。

琳琳：发语音就不会有错字。

伟俊：但语音多了我都不能听，会影响上班的同事。

苏玫：我还年（等）抢红包呢。

晓梅：你说的什么意思啊？

妍霞：我想她可能是说，还等抢红包呢。

苏玫：眼镜（睛）不看境（见），在汔（汽）车上。

琳琳：苏玫，让妍霞当你的翻译。

妍霞：她又写错了。

琳琳：苏玫，你写好了看看，这个群里写了错字是要罚的，你都错好几个了。

苏玫：那我就不讲话了。

晓梅：开开玩笑的不会生气吧，如果是这样下次就不说了。

苏玫：不生气，可是大家要笑（笑话），题（提）笔望（忘）字不长（常）写的，四十多年不写了。

妍霞：坐车上不方便写，发个图片最爽快。

苏玫：妍霞说得对，眼镜（睛）不看境（见）。

琳琳：眼睛看不见。

苏玫：你看得懂就行。

丁杰：写错字是你的幽默，反而给同学们带来无比的快乐，只有心胸博大的人才能做得到啊。

苏玫：丁杰你说得对。

她特漂亮

丁杰：我们俩最早同学。

霭云：是的，小学、初中、高中都是一个班的。

丁杰：霭云小时候特可爱。

霭云：你是我们班的人才啊。

丁杰：圆圆的脸，大眼睛。

霭云：那个时候瘦瘦的，黑黑的。

丁杰：不能啊，瘦是有点儿，也不黑。

王涓：各位老同学下午好！今天我在上班，没有时间和各位聊天，凑热闹奉献一首《拉萨夜雨》。

丁杰：好听！

王涓： 老同学见笑了。

丁杰： 确实好。

王涓： 是在你姐我姐的熏陶下，喜欢唱唱。

丁杰： 对的，她们一起跳舞，我姐不怎么唱歌。

王涓： 不唱歌会跳舞?

丁杰： 每天东奔西走，可能也顾不上唱歌吧，那个年代真的培养了一代铁姑娘。我真觉得她们都挺了不起的。

王涓： 我们的姐姐比我们大不了几岁，确实了不起，样样能干。

丁杰： 向你姐问好！她特漂亮。

王涓： 也代我向你姐姐问好!

丁杰： 谢谢。

放大镜

蒋骅： 好的，和你们打一分。

丁杰： 找雨玫、姚煦同学商量一下，把四十年聚会的时间定下来，最少提前二十天公告大家，人多路远，有的同学可能还要再联络一些同学和老师。

琳琳： 蒋骅今天不空。

丁杰： 那就明天吧。

琳琳： 他爸爸出院。

琳琳： 哦，他父亲生病了。

丁杰： 父亲生病了还要陪谁打一分啊。

琳琳：你不懂，他就是喜欢说反话的。

丁杰：就是说他的话不可信，对吧？

琳琳：不能全信。

丁杰：那就难办了，谁知道他哪一句是真的，哪一句是假的呢？

琳琳：就看你的本事猜了。

丁杰：我猜他想陪你打两圈是真的，打一分是假的。就是说前半句是真的，后半句是假的。

琳琳：你猜错了，打一块他也不会陪我，他是看人的。

丁杰：我猜他有半句真话也错了，这都什么人。

妍霞：我来提个建议供参考，省得打字，手写上传。

丁杰：大多数同学眼睛都不好，你是考验大家吧？

迎鹃：你发文字，写在图片上看不清楚。

妍霞：点大了看，先点查看原图，然后就可以放大了。

丁杰：你那个压在图片上的是放大镜吗？

妍霞：是的。

丁杰：你太厉害了，想得真周到。

妍霞：我用的放大镜，随手压在稿子上的。

幽默的境界

宝骏：丁杰你还这么调皮。

丁杰：葛来悦老师最调皮，可惜没学到。

宝骏：葛老师那是幽默，明天好好当面请教，兴许还能学到。

丁杰：调皮是初级阶段，达到一定境界就成幽默了。

宝骏：那你不能说葛老师最调皮。

丁杰：对的，不能这么说老师，你不要打小报告啊。

蒋骅：这是联谊会的会场布置，大家看一下。

宝骏：漂亮！

杨峰：建议将“高中生”改成“高中”。

蒋骅：杨峰同学，不好意思，来不及了。

杨峰：哦，好吧。

丁杰：杨峰，改是对的。

杨峰：对的。

丁杰：不改也是对的。

杨峰：开心就好。

丁杰：对的。

妍霞：看你们讲话还蛮幽默的。

丁杰：调侃而已，还没达到幽默的境界，像葛老师那样。

妍霞：慢慢来，已经开始步入。

红娟：丁杰不愧是葛老师的学生。

丁杰：彼此彼此啦，葛老师的学生之一。

不是钱的事儿

妍霞：能不能在照片的反面印上姓名？

丁杰：把姓名记脑子里，不许印名字。

伟俊：这个办法好。

丁杰：老是把同学的名字忘了能行吗？

伟俊：以前忘了就算了，以后要记住。

丁杰：关键是活动要持续，要不然再过四十年肯定又忘了。蒋骅，下次再聚要等五十年吗？

蒋骅：不要等，明天也行。

红娟：好美的相册，过两年再聚一次。

妍霞：一年聚一次更好，哪有可能呢？

红鹃：有什么不可能的，只要大家努力。下次计划好了再行动，这次有点仓促。

妍霞：现在生活条件都不错，别说每人三百元，再多点也行。如果同学确实有困难，可以免费。

丁杰：人家的困难是没有时间。

妍霞：知道。

丁杰：钱不是事儿。

红鹃：丁杰你去蒋骅那里拿集体照。

丁杰：好的，正好找他谈谈心，对女同学客气点。

蒋骅：什么时候来拿，还是我送来？

丁杰：知道你热心，人缘好。

蒋骅：伟俊有没有带给你？

伟俊：丁杰你在南通吗？我下午把照片送给你。

丁杰：我在如皋花木大世界。

伟俊：买花呢，这是玫瑰吗？

丁杰：月季。

伟俊：哦，只知道如皋盆景，现在花也是大棚里种植的啊。

丁杰：钱赚到一定程度就不要赚了，要享受生活啊。

伟俊：是的。

红鹃：丁杰买玫瑰花送给谁呀？

丁杰：人家送给我的。

蒋骅：人家太多了。

丁杰：人家就是太多了才送我的，要不然也轮不到我呀。

红鹃：蒋骅你是说人多还是花多啊？

妍霞：丁杰你好！

丁杰：老同学开口一个你好，把我们的距离拉远了。

妍霞：这是打招呼，出于礼貌。

丁杰：到一定程度就不用打招呼了，也不用礼貌。

妍霞：不好吧？

丁杰：没事儿。

妍霞：同学们周末愉快，我给大家发个红包。

红娟：不领你反而会不高兴，谢谢。

丁杰：不是钱的事儿。

有病治病，没病防病

丁杰：一露脸就老了老了的，能不能积极点，心态好一点。

红鹃：他怎么老得这么快的？

丁杰：就是，以后不许喊老了。我发现红鹃越来越年轻了。

红鹃：就喜欢听你说这句话。

丁杰：干什么总得挑点你喜欢的呀。

雨玫：大家早上好！打打闹闹都是爱。

丁杰：雨玫也是，越来越漂亮了。

红娟：雨玫，谢谢你的药方，我老公吃了那个药有效果。

雨玫：吃了以后人比较舒服吧？我也喝呢。

红鹃：你喝了干吗？

雨玫：吃了这个药不长老人斑。

红鹃：那我也喝喝。

丁杰：对的，有病治病没病防病。不过关键还是要找对医生，你不能听蒋骅的，他是江湖郎中。

晓梅：那是开玩笑的。你说他真的有这个能耐？

丁杰：那我是抬举他了。这两天有没有玩两圈？

晓梅：没有，在家做事呢。

丁杰：牌还是要玩，有病治病没病防病。

邂逅伯乐

宝骏：这两天怎么没人说话？都给我出来。

丁杰：此时无声胜有声，一切语言消失之处都隐藏着世界的秘密。红鹃的腰好些了吗，蒋骅说扎针，我看他是吹牛。

红鹃：懒得理你。

丁杰：你注意休息，其他的事情都不要理。

红鹃：昨天蒋骅训话了，说我话多，不敢说了。

丁杰：他能得不行，管那么宽。

玥飞：就是。

丁杰：主要还是红鹃她们讲起来别人就插不上话了，得为其他同学释放通道。

玥飞：有道理。你是非常幽默的同学，有时用几个字，回味起来蛮有意思的。

丁杰：境界还不高。

玥飞：今天不热闹。

丁杰：还不是被蒋骅给闹的。

红鹃：丁杰，不愧是幽默大师。

丁杰：你是发现大师的伯乐。

多情却被无情恼

丁杰：妍霞，不知李红鹃的腰怎样了。

妍霞：你自己问她呗。

红鹃：丁杰你好，我的腰早就好了。

丁杰：那就好，祝你健康快乐。

妍霞："难过"这个表情别乱用。

琳琳：给人家送"玫瑰"还难过？你以后和我们不要太含蓄。

玥飞：同学们你们不要欺负老实人。

琳琳：不要瞎说，谁是老实人？

丁杰：红鹃，不好意思我以为这个表情是"微笑"。

红鹃：没关系。

丁杰：琳琳，还是含蓄一点好。

琳琳：问题是我们这些粗人不懂你的意思。

丁杰：女孩子都懂的，哪有粗人。

红鹃：丁杰，其实我也蛮欢喜你的，只不过你是一个大行长，和我们老百姓不配。

琳琳：你不要这么直接，丁杰会害怕的。

丁杰：直接好，和我们这些男人不要太含蓄。

巾帼文明

红鹃：升群旗了。

丁杰：把“精英文明群”改成“巾帼文明群”就好了，基本上没男生什么事儿。

红鹃：你不是男生吗？

妍霞：“精英文明群”不好吗？

丁杰：你们改了，我就不需要这么累了。

红鹃：你累什么了，说得这么可怜。

丁杰：男生就只有我在说话，还不累吗？

妍霞：累的话，你可以不说话。

丁杰：那就真成“巾帼文明群”了。

妍霞：那你就别喊累。

丁杰：想让男生说句话那可真是累。

剑国：同学们，早上好。

红鹃：看看，不是来男同学了吗？

妍霞：苏宏杰、葛剑国他们不是男生吗？

丁杰：苏宏杰让我怎么夸他呢，每天问候一下，例行个公事谁不会呀？

红鹃：他是个幽默大师。

丁杰：每个人都例行一下公事，谁受得了呀？

红鹃：你就知足吧，我们俩陪你聊天，早饭还没吃呢。

警钟长鸣

永进：春节前安全生产会议。

丁杰：十总镇的镇长真是，动不动就开会。

蒋骅：翻来覆去就那几句话，我都能背了。

丁杰：要的就是这个效果，请你把那几句话烂记于心。

晓梅：蒋骅也去开会了？

永进：他是个“人儿登”。

晓梅：你们开的是“人儿登”会议。

永进：没办法，通知开会就得来。

丁杰：你让镇长搞个企业家联谊会。

妍霞：看看我们联谊会拍的视频。

丁杰：镇长没见过世面，连个会场都布置不好，不能像人家那样装几盏吊灯？

妍霞：他们是开安全生产会议，要是开联谊会肯定也是很气派的。

丁杰：两个会议一起开就得了。

妍霞：下一届选镇长的话就选你，想得周到。

丁杰：等到下一届我就退休了，早在哪里的呀？

公开的秘密

妍霞：通过微信看透身边人，分析得挺像。

丁杰：不要听他的，哪有那么准。

妍霞：我遇到过一位，还是他主动加我好友，前天发早安图给他，竟没发出去，莫名其妙。

丁杰：不能以一事推导出一个规律。你们可不要把我框进去，绝大多数同学我也没有加微信。

晓梅：那你为什么不加？

丁杰：要不先把你加了？

妍霞：当然要加晓梅，她是你妹妹。加了好友你们私聊，秘密可不能让别人看到。

丁杰：我们是公开的秘密。

晓梅：快过年了，你肯定很忙吧？

丁杰：我不忙，可是又没人出来说说话。

晓梅：我们有时间就到群里来看看，人家忙，不要这么说。

丁杰：我没怪他们呀，我就是恨他们怎么都这么忙。

晓梅：雨玫的父母都靠她，事儿多着呢。

丁杰：对的，她不容易。

晓梅：她父母都是八十五六岁了，真的不容易。她好像有个哥哥也在南通工作吧？

丁杰：哥哥一般都是听嫂子的，很少听妹妹的。不过晓梅要是让我干什么，我还是要干的。

七仙女

妍霞：今天在南京紫峰七十二层观光。

丁杰：中午在哪儿吃饭?

妍霞：还没吃呢，马上下去吃，七个人坐上面休息，挺惬意的。

丁杰：出来玩还是够辛苦的，像我们上班的，饭吃了，盹也打了。

妍霞：不辛苦，吃完饭再去逛玄武湖。

丁杰：逛玄武湖要注意防晒啊。

妍霞：今天多云，没太阳。

丁杰：要防紫外线呢。

妍霞：我们没这么考究。

丁杰：沐浴阳光也是一种幸福。

妍霞：玄武湖的春色太美了。

丁杰：七仙女下凡了。

妍霞：你真幽默。

好日子

妍霞：看这视频里的大叔，吹着葫芦丝，唱着《你莫走》。

丁杰：妹呀哥的，没个正经。

妍霞：你落后了，只是一首歌而已。这首歌一人唱不好听，男女声合唱才好听。

晓梅：丁杰，你唱男声。

丁杰：下次我带你去唱歌，我们唱红歌。

晓梅：你请客。

丁杰：好啊，知道你喜欢唱歌。我最近要不要练首什么歌呀?

红鹃：《好日子》。

丁杰：还是你们幸福啊，这首歌离我有点远。“不知道为了什么，忧愁它围绕着我。”

红鹃：忧愁善感。

丁杰：晚上喝了点酒，要不然也不能唱成这样。

妍霞：邓丽君的《千言万语》，唱得很好，这首歌难度蛮大，不错了。

红鹃：酒可能让他壮胆了，第一次听他唱歌，真的不错，不跑调。

妍霞：丁杰，不要等喝酒了高兴时来两句，想学歌认真学完唱整首，唱了几句音质很好。空闲时不妨去歌房练练，唱歌能愉悦心情，陶冶情操，对身体有益而无害。

晓梅：唱得蛮好的。

丁杰：酒多了。

二、乡音无改

在南通工作的五总老乡很多，遍布全国各地的线上老乡更多。本节的“乡音无改”，其实是五总所属的“雁头口”之著名老乡的一个私房群，成员多为“60后”“70后”。因群成员大多没有共同学习、工作和生活的经历，所以大家不是十分活跃，但不能否认五总老乡确实非常内敛、低调、含蓄，益兼亏盈，超脱隐逸。

五总老乡不会花言巧语，没有甜言蜜语，却能以三言两语抒发心中的千言万语。五总老乡质朴、善良，惜字如金，五总老乡慷慨、重情，高义薄云。五总是我的根，我不会坏了乡风民情，谨以最简短的篇幅和最简洁的方式，表达对五总老乡的深深敬意。

新年快乐

惟军：葛惟军祝各位老乡新年快乐，身体健康，阖家幸福。

丁杰：新年好。建议大家实名，不然万一有谁发了红包，我们就感谢了一个符号，心里会过意不去的。

居滨：给大家发红包了，恭喜发财。

丁杰：谢谢，今年必定交大运。

居滨：丁杰，读初一的时候就听说你名字，五总公社最早的高考精英，好崇拜的。

丁杰：不好意思，主要是当年大家不怎么知道什么是大学生。

惟军：发红包喽。

居滨：谢谢葛教授。

丁杰：惟军是享受国务院政府特殊津贴的教授，这里面是知识的结晶。

铿锵玫瑰

惟军：热烈欢迎农业农村局杨坚处长。

杨坚：各位老乡好。

丁杰：欢迎老乡。

惟军：丁杰是我们这辈老乡中第一个考上南京大学的，当年老师要大家以他为榜样，向他学习呢。

丁杰：我有点辜负南京大学，还有五总中学、上雁和育新小学。等退休以后写篇回忆录，把过去的老师和同学们再怀念一遍。

杨坚：欢迎铁哥。

铁哥：谢谢！

丁杰：铁哥好，冒昧地问一下，叫您哥还是姐呀？

杨坚：美女一枚。

丁杰：哦，铿锵玫瑰。

小师妹

毛毛：我是你的师妹，南大的，虽然比你小了好多级。

丁杰：哦，师妹好。

毛毛：我是1999级的，老地理系。

丁杰：我也挺喜欢地理的，可是当年大部分同学都报考了理科。经常回南通吗？

毛毛：不常回，小孩要上学。

丁杰：有小孩就是这样。几年级了？

毛毛：小学二年级。是葛老师介绍我进群认识各位，其实我是骑岸人。

丁杰：我老家也是骑岸的，新华二大队。

毛毛：我爱人也是南大的，工管系，他是从事金融的，在期货公司上班。于姐赚到钱为你高兴，但千万要注意风险。

居滨：以我的智商，就像个泥瓦工，只知道搬砖头盖楼，不知道画张图纸就可以赚钱。

丁杰：做建筑设计画个图纸就赚钱，可以的。

毛毛：居滨，你这干得心里踏实。我爱人在期货公司自己不做也不敢做，而且证券期货公司都有从业规定，也不让做。期货行业公司客户居多，对冲风险的。

居滨：南通有个做期货的，被平仓后就失踪了，原来就和我在一个楼里办公。

丁杰：有人赔就有人赚，对吧？

毛毛：期货可能还不全是零和博弈，比较复杂。

居滨：你手里的牌庄家看得清清楚楚。

毛毛：行情不好的时候，死在里面的庄都不计其数。

丁杰：居滨，冤枉庄家了，是不是？

毛毛：我的专业是城市规划，我就是居滨说的那个画图的，但不是建设计筑图，是城市规划图。

丁杰：你把城市规划图画好了，那些画建筑设计图的才好去挣钱。

毛毛：我回老家时看到城市规划图挂在南通大街小巷，色块图普及率很高，基本农田也竖着牌子，利于农田保护。

丁杰：做个样子，别信他们的。我多话了吧，南通农业农村局有我们的老乡，言多必失。

毛毛：其实也没啥，埋汰几句也正常。

丁杰：人民就是江山，江山就是人民。

严师出高徒

丁杰：蒋小骅，从名字看你哥应该叫蒋骅。

蒋小骅：对的，和您是同学。

丁杰：你哥这次出尽了风头，五总中学七九届聚会当上了委员长。这个老师认识吗？

蒋小骅：刘飞老师，一眼就看出了。

丁杰：刘老师是本群很多同学都熟悉和敬爱的老师，师恩不能忘。

蒋小骅：我们一家两代人都是刘老师的学生，他对孩子要求最严。

丁杰：严师出高徒，要不然你也不能有今天。

蒋小骅：是的。

三、金鸡一唱天下白

从时间上看，我是南通市金融电子化的“第一人”，南京大学计算机毕业分配到人民银行的时候，行里还没有计算机，被临时安排到金融管理科实习。

1985年人民银行总行为十四个沿海开放城市配备计算机，从此殚精竭虑，全身心投入计算机开发应用，直到1993年。

1986年人民银行从南通电子计算机厂引进高级工程师刘锡鹏先生，同年周卉女士进行入职，我们三人一同赴日本接受计算机培训。这是南通市金融电子化的第一批出国留学生。

在刘工（刘锡鹏）和卉姐（周卉）的积极领导和努力推动下，南通市银行业早已告别“铁算盘”，走上了“电子化”新征程。三十多年过去，人民银行科技科走出来刘玮、肖建平、李贵荣、袁蓓兰等一代又一代卓越领导，一批又一批科技人才，事业风生水起，一浪高过一浪的金融电子化热潮如火如荼，将南通金融电子化水平推上了一个又一个的新高度。

一晃就到了2017年，卉姐为刘工八十岁庆生，将所有在人民银行科技科工作过的朋友拉进了一个群，我为该群起名为“金鸡一唱天下白”。“金鸡”，不仅暗喻金融系统的计算机同行，更代表了一种成色和品质，象征着高贵，高贵的一声唱响，世界一片灿烂光明。

美图

卉姐：为庆祝科技科成立三十周年，诚邀各位老同事于十一月四日中午在濠南路邵东厨房聚会，希望大家把这天时间让给我。

丁杰：卉姐请客我们不好意思，众筹吧。

若兰：众筹好，可持续，我赞成。

卉姐：若兰，你去总行很久了，什么时间结束？

若兰：快了。

卉姐：周末一定要赶回来啊。

若兰：好的，我争取。

刘工：丁杰，很高兴在这儿看到你们。

丁杰：刘工身体还好吧，看照片精神很好。

刘工：比照片要老多了，自然规律。

美虹：刘工，你好。

刘工：是美虹吧，很想念你们，看这头像就猜到了。

丁杰：美虹，把头像美图成这样还是很厉害的，我最近也对美图感兴趣，比学摄影好，速成，易上手。

美虹：虽然不像了，但毕竟是我的原照，至少刘工还能猜到。

丁杰：你把照片发给我，我帮你美化。

美虹：不用了，谢谢。你可以美化自己的照片，发给大家欣赏。

丁杰：敬请欣赏。

肖平：嫩得都认不出来了。

美虹：你也来一个。

肖平：我不会。

丁杰：问刘工，重温一下当年受教导的感动。

刘工：肖平那么聪明不用教的，他本来长就着一副年轻的面孔。

丁杰：肖平，第一层意思是你聪明，第二层意思是你年轻，这言外之意呢，你的态度也不够端正哦。

卉姐：丁杰，你厉害。

丁杰：寻点开心。

刘工：一笑十年少。

歌声激荡

卉姐：在“歌声激荡四十年经典盛典”中获得“杰出贡献金声”的是著名歌唱艺术家朱逢博，她与李谷一并称“南朱北李”。

丁杰：小时候广播里每天播放朱逢博的歌，还有耿莲凤张振富的，李谷一稍晚些。

刘工：我们这一代人对俄罗斯歌曲有一种深情，说不清是歌声感人，还是对那个时代的思恋。

丁杰：是时代烙印，也是文化烙印。一般的人通常喜欢唱《北京的金山上》。

刘工：不喜欢港台歌手的手舞足蹈，邓丽君、龙飘飘那个时段的校园歌曲不错。

丁杰：这就是代沟。

卉姐：这首《山楂树》，刘工肯定喜欢。

刘工：谢谢。这是相当受欢迎的歌，还有《纺织姑娘》《莫斯科郊外的晚上》《小路》《喀秋莎》等。

卉姐：上次我们驴友一起学唱了《灯光》和《深深的海洋》。

刘工：《灯光》不太好唱，都是斯拉夫民族，旋律差不多。

卉姐：俄罗斯人音乐素养比较高，歌也好听。

刘工：年轻时经常唱，现在词儿都忘了。

莫道桑榆晚

卉姐：今天陪母亲到唐闸公园看菊花展。

丁杰：看起来身体不错，今年高寿啊？

卉姐：九十四岁，生活基本都能自理，平日和我哥住在一起。

丁杰：那很了不起。

刘工：长寿家族。

若兰：贴身陪伴是最好的孝顺，要向卉姐学习，找时间也带父母出去走走。

丁杰：我女儿每年都要带我们出去走走的，做攻略、买车票、订酒店等一切包办。

若兰：我也准备这么干。

丁杰：这就对了。

若兰：让老人有一种被服务的感觉也很好。

丁杰：女儿就是贴心呀。

若兰：没有，我以前几乎没尽到什么责任，现在看卉姐这样子，觉得应该改变一下。

丁杰： 卉姐身教胜于言传。

刘工： 趁老人还能跑的时候，带他们走走。老人健康，对孩子来说是最大的帮助。

卉姐： 刘工的家族也是长寿。

刘工： 家父寿九十一，家慈寿九十七，算是有长寿基因吧，也要感谢现代医学。

卉姐： 我觉得关键是心态。

刘工： 日子好好过，不要想太多，知足能常乐，无求增寿数。

丁杰： 对的。

刘工： 小丁发的视频在手机里听不清，放电脑里还是听不清，耳朵确实不顶用了。

丁杰： 以后我们给您多发些文字，要文学的，不要艺术的。你的眼睛还不错，已经很厉害了。

刘工： 左眼很好，右眼看近尚可，看远一片模糊。八十岁了，一下子就听不清了，上次聚会时还好好的。

丁杰： 会不会有炎症什么的？过几天又好了。

刘工： 我看了医生，是神经性耳聋，不可逆。生命有规律，老了，做一个安静的看客。

丁杰： 可是您一点也不老啊，洋溢着青春呢。

刘工： 我不过是想入非非。人是真的老了，耳朵听不清了，腿脚不灵了，唯心理不服而已。

丁杰： 想入非非就是年轻的典型特征，眼睛好表明还不老，不服就是不老，一切都证明您就是不老。

刘工： 谢谢。

生命的境界

卉姐：心态好一切都会好。

丁杰：心态好，其实是对不成功和不幸的无奈和自我安慰。

卉姐：你的想法太多了。

丁杰：说得难听叫认命，积极点是面对实际。旅游回来了？

卉姐：已经回来了，正帮妈妈做清洁工。

丁杰：哦，辛苦了。清洁也不要过度，以过得去为好。

刘工：父爱如山，母爱如甘。不孝双亲，妄来人间。

丁杰：除了母亲就还有一位岳母了，我来尽点孝心。

刘工：虽然法律没有规定儿媳和女婿孝敬对方父母的责任，但尽孝是一种道德，老人也应把自己的儿媳或女婿当作自己的子女一样。

丁杰：对的，我们讲道德，法律只是最低标准。个税的专项抵扣就是不支持公婆和岳父母的，看看这个税务局的局长分得还是蛮清楚的。

刘工：这只是社会法则，与道德无关。

丁杰：制定法则应当考虑道德因素。

刘工：法律不会因个人的看法而改变。

丁杰：是啊，意见再大税可不能不交啊。看过一期李彦宏的节目，大致是说爸爸很爱他，他也很爱爸爸，在爸爸临终的日子，根据老人意愿没有抢救。

刘工：我赞成他的做法。我父亲母亲都在家中去世，根据医生上门判断，抢救也只能延长几天时间，于是二老均未受折腾自然西去，我若不能自理也想断食西归。

卉姐：赞成你的观点，正确对待离去。

刘工：中国古来就有厚养薄葬之说。

丁杰：其实人多活几天甚至几年没那么重要，关键是活着的时候得有一点尊严，生活得有一定质量。

刘工：对的，老要有老的质量。

丁杰：在我们大家心中，您就是一个不老传奇。

刘工：谢谢，过奖了。回忆往事，我一生在三个不同的单位工作过，在人民银行时最快乐，因为有你们。

丁杰：科技科三十年就是一个传说，是您的传说也是大家的传说，也要感谢卉姐让传说演绎得如此生动。

卉姐：健康的日子充满阳光，幸福的生活一起分享。

丁杰：是啊，人间一切美好均源自分享。

流年似水

卉姐：年少时看不懂《猫和老鼠》的深意，看懂时已不再年青少。小时候看只觉得好笑，长大后再看只有无尽的悲凉。

刘工：《猫和老鼠》比现在所有的儿童动画片都好。

卉姐：伴随着四十年改革开放，一大批优秀境外影片被引进国内，丰富了观众的文化生活，有些已成为经典。电影频道拟精选其中四十部耳熟能详的影片每晚播出，让大家重温往日情怀。近几天已经看了《茜茜公主》系列三部电影了。

丁杰：老电影可以让我们重温当年的感动，但永远无法让我们重拾当年的快乐。繁星点点，坐在队里的晒场等待电影开始的时候，那种美妙实在很难形容。

卉姐：给大家分享一张“1962年月并（饼）供应票”。

丁杰：当年做月饼不用包装，写月饼也不用偏旁。

刘工：过去一家分一个月饼因为限量供应，现在一家分一个月饼因为太甜不能吃。

丁杰：现在的月饼主要是用来看的，过去的月饼才是用来吃的。

刘工：这是1982年春节物资定量供应办法。

丁杰：1982年的时候，社会还是很公平的。

卫华：1999年竟然马上就是二十年前了，那年我印象最深的是买了一台电脑。

刘工：退休了，自由了。

丁杰：对的，今年还是刘工退休二十年庆呢。

刘工：好日子人人有份，只是耐心等待。

丁杰：卫华，对于某些人来说，确实是需要耐心。

卫华：怀旧和憧憬其实都是一种寄托，咱还是活好现在。

烟柳满皇都

丁杰：喜欢北京吗？

若兰：我几乎是两点一线，没有去感受真正的北京，谈不上喜不喜欢。

丁杰：周末好好玩玩，很多地方值得去。

若兰：是的，应该是的。但现在好像不太有兴致出去玩了。

丁杰：刚工作时，到北京出差去过一些地方，后来去北京就不玩了，其实当年走马观花，现在特想去可惜又没机会了。

若兰：喜欢的话专程去一趟也未尝不可，不过现在很多地方都需要网上预约，得提前做好计划才行。

丁杰：知道哪儿值得去就可以了，不必真去。

若兰：这个我不赞同，想去的地方一定要去。

丁杰：有道理的，但也不必太当真。

黄土高坡

刘工：去哪儿了？

卉姐：山西，宁武冰洞。

刘工：这冰洞值得去，是一个奇迹。

丁杰：有一种美，很难记录和传播，除了技术限制还需要被感受、体会和想象。今天在哪儿玩？

卉姐：到陕西了。今天雨岔谷刮大风，下大雨，沙子吹打在脸上，生生地疼。

刘工：黄沙漫天，瘠土滩涣，风雨萧瑟，游客怅然。

卉姐：雨岔峡谷其实不亚于美国羚羊谷。

丁杰：黄土高坡千沟万壑，千姿百态，是中国人的歌。雨岔谷比羚羊谷好比普陀山和五台山，看似差不多，供的菩萨不一样。

刘工：今天南通的天气很好，濠东绿地花红柳绿。

丁杰：濠东绿地是家门口的花园，只供赏花不供菩萨。这个菩萨就他是承载的历史文化。

美，在于发现

丁杰：春回大地，万物复苏。看这个墙上的小草开出了紫色的花，生命力竟然如此的旺盛，但不知这是什么品种。

卉姐：这是柳家巷吧？

丁杰：对的。昨天专程从南川园到华威园买“乐口大饼”给周勤吃，去早了烧饼店还没开门。这样的老公怎么样？

卉姐：不错，值得依赖。

丁杰：我觉得也是。

刘工：你问的，叫紫堇。这种草是长在墙缝和屋顶上的生命力很强的小草，能开小紫红色的花，土栽、盆栽均不行。

丁杰：紫堇很美，她应该长在墙上。野花生命力特强，总是不安分地长在墙上，难怪惹人喜爱。

刘工：美，在于发现。

贵在糊涂

卉姐：今天和贵侯在一起。

丁杰：贵侯不和大家打个招呼吗？

卉姐：他是大忙人，大红人。

丁杰：大忙人加大红人等于大贵人。

贵侯：粘上一个贵字，其实是糊涂之人。

丁杰：贵在糊涂，继续努力。

刘工：丁杰，这是哪儿的照片？黑框左下角的英文很有意思，生活教我思考，而思考却没有教会我生活。

丁杰：我一直不知道上面写的什么，原来还这么有哲理。今天下乡回来早，去民博园那边转了转，这人民银行又是调统又是调控，看看民博园都被调成什么样儿了，一堆烂尾楼。

贵侯：调统是一项服务性工作，是为决策者提供参考的。你说的这些，均不是调统履职范围，老丁高抬人行调统了。

丁杰：你就是责任感太强。

青春恰自来

丁杰：卉姐弹得非常好，但提个建议，弹琴的时候嘴不要跟着动，大艺术家一般都是脑袋不停地晃动。

娉婷：我觉得丁杰好可爱，要求也太高了。

丁杰：这个要求不高啊，就是一个习惯问题。我们普通观众是这样认为，不知道他们老师在专业上有什么要求。

卉姐：嗯，知道了。

娉婷：丁杰真细心，卉姐不愧第二个青春年华。

刘工：有了丁杰进步会更快。

卉姐：这几天中考，三中游泳馆去不了，出去散步，发现夹竹桃开的花也是如此之美。

丁杰：卉姐多才多艺，拍得好。

刘工：夹竹桃，妖花，好看，叶有毒。

卉姐：知道了，特别是孕妇不能接触。

丁杰：难怪拍的时候躲得那么远。

卉姐：我是想把荷花和夹竹桃一起拍下来，没有拍夹竹桃的特写。

丁杰：我还以为你不敢靠近，要是特写肯定更漂亮。

卉姐：明天去拍特写。

丁杰：谢谢，但要小心，注意安全。

卉姐：放心，不会中毒的。

独上西楼

卉姐：跟大家分享刚看的几篇文章——《一双脚走到哪里都是路》。

丁杰：眼中有慈悲，心中有阳光。

卉姐：《从疲劳到癌症只需四步，你是单位的草却是家中的宝》。

丁杰：对的，在单位再不起眼的小草都是家中的宝。

卉姐：《人大副校长给毕业生寄语，恪守人生底线：不撒谎、不告密、不独利》。

丁杰：这个题目标准定得够高的。形式主义就是撒谎，集体撒谎。

卉姐：《中央音乐学院副院长周海宏：音乐何须懂》。

丁杰：施工图必须懂，音乐何须懂，艺术不须懂。不懂也能带给人享受的，才是真正的艺术。

刘工：小丁一人独评，是否有“四下无人，独上西楼”的感觉？看样子优哉游哉，何时变得如此能言善道？妙语连珠，听着挺有味儿的，希望你继续保持。我虽然没有说话，但是一直在听。

丁杰：言多必失，若说错了话，请大家海涵。刘工，当一个人没有欲望时，其才能、心智甚至意志都会变得好一些。

刘工：终于悟出来了，权者无欲则刚，无权者无欲则安。

治愈

若兰：这张图是哪里？

丁杰：在武汉，黄鹤楼。

若兰：色彩真好，很治愈的感觉。

丁杰：刚查阅了“治愈”词意，如此温情的辞藻信手拈来，实在是蕙质兰心。

若兰：是心理不够强大才会记住这个词。

刘伟：下雪了。

丁杰：雪大吗？

卉姐：银装素裹。

丁杰：看到了，失之交臂，实在可惜。

卉姐：南通雪景一组。

丁杰：十分治愈，净化心灵。

京城的月亮

卫华：北京的月亮。

若兰：京城的月亮真圆。

娉婷：卫华在北京吗？

若兰：在北京写金融标准，将来某标准中会有顾卫华的名字。

卫华：不一定，参加编写的人很多。不要取笑我，只想不被领导批评，跟若兰来北京时没法比。

娉婷：都是好样的。

卫华：这里的人都是工作狂，适应不了。

刘工：新一代人的风格，拼命干，疯狂玩。

卫华：我只看到拼命干，没有看到疯狂玩。这里不到八点不会下班，回去接着做。

若兰：是的，以前孙明明去也是每天加班。

刘工：辛苦了，注意身体。

若兰：注意身体。

卫华：谢谢大家关心。

哭墙

丁杰：今天还在耶路撒冷吗？那儿气候怎样？

卉姐：餐厅里吃早饭的军人，据说都是正式军人。

丁杰：你们都和军人住一起啊？

卉姐：今天哭墙前有新兵宣誓仪式，所以军人特别多。

丁杰：革命家庭，英雄之后。

卉姐：非也。

丁杰：我可不敢去以色列。

卉姐：看哭墙里的宝宝，和谐着，别担心。

丁杰：十分可爱。

卉姐：哭墙前一女子在虔诚地祈祷，念着古兰经。

丁杰：看到了。

卉姐：应该是虔诚地祈祷，念着圣经。刚才被石炜批评了。

丁杰：他太虔诚了。

卉姐：不是他虔诚，是因为我文化浅薄，懂得少话又多，常常被他们父子教育和讽刺，还好我有一颗坚强的心。

丁杰：他们学问越大，你越自豪。我女儿也经常教育我们，她都是对的。

演绎经典

卉姐：中央交响乐团合唱经典名曲《二泉映月》。

丁杰：歌唱水平没得说，词填得却是不敢恭维。经典名曲填词以后再难成为经典。

刘工：这跟创作者的地位无关，弄不好就成了狗尾续貂。

丁杰：对的，经典其实是大浪淘沙后的积淀，可是改编却没有经受同步的淘汰。

刘工：说得对。

卉姐：郭冬临作为逗哏拜钢琴家郎朗为师，现场演唱世界名曲。

丁杰：小品演员的生存真是越来越难。

刘工：现在的小品没有内涵，小品演员出名以后精力就不在创作上了。还有现在网络段子太多了，水平往往比专业创作的还高，小品和相声演员的日子越来越不好过。

丁杰：是的，高手在民间。

耕桑安故园

丁杰：这是采的什么花?

卉姐：雏菊，我家楼下花圃就有，常被我当野草拔了。一次看朋友插花用了也很漂亮，是我没有艺术细胞。

丁杰：不是你没有艺术细胞，是你还没有放慢生活的节奏。

卉姐：今天早晨我把最后一口缸里种的红薯都挖出来了，我准备到乡下租房种地去。

刘工：我们楼下的绿地，就有人种了不少菜。

丁杰：绿地到冬天就不绿了，但要是种上了菜，冬天则还是绿的。

刘工：刚为南通木雕工艺剪辑的视频，这么大规模的金丝楠木工艺实属少见。

丁杰：气势恢宏，栩栩如生。我特别喜欢四合院，然后院内有几棵楠树在生长。

卉姐：花点功夫把你老家改造一下，周末我们去度假。

丁杰：不用改造，你们来吧，郑重邀请大家来参观。

卉姐：乡村居宅，很有雅趣。

丁杰：水烟筒，我们家的传家宝。爷爷用过的家具，父亲用过的农具，我都好好地保护起来，每次看到这些都感到特别亲切，特别宽慰。

卉姐：这是你的乡愁。

丁杰：是的。

缸爿

卉姐：谢谢丁杰邀请。我们每人带一个菜，如何？

丁杰：不用带，乡下有土菜。梅姐要回来啊。

梅姐：好的，我们包馄饨或水饺，我带工具。

娉婷：我带馄饨皮，我们这边一家面店做得挺好的，馅儿的话，在当地买会新鲜一点。

丁杰：馅儿我准备。梅姐是有些怀旧，然后顺带展示一下才艺。

蓓兰：我恐怕来不了，到时就在群里跟大家视频。

丁杰：争取来，现在微信还没办法把味道发过去。

刘工：我为大家提供一个水饺配方，学会了就可以开饺子店。

丁杰：我看那卖“缸爿”的生意特好，但不知为什么叫“缸爿”。

刘工：这个早点做得像打破的缸片。片，南通人不读“片”，读“爿”，所以写成“缸爿”。南通人常说的“半爿”，是指一分为二的东西。

丁杰：哦，明白了。再次诚邀大家光临寒舍，吃农家饭，体察民情，与民同乐。

欢聚一堂

肖平：丰收农作物一组。

刘工：硕果累累，稻谷飘香。

肖平：老宅图片一组。

刘工：屋舍俨然，世外桃源。

肖平：老物件一组。

刘工：家庭的记忆，岁月的见证。

肖平：聚会合影。

刘工：为你们高兴，大家玩得很开心。

卉姐：遗憾的是你没有来。

刘工：我对自己有信心，下次一定参加。

卉姐：非常感谢丁杰夫妇及家人的盛情款待，希望刘工尽快好起来，我们继续相约。

刘工：丁杰和周勤辛苦了，虽然我没有来，但从心底里感动，我们这个集体一直都在，我们的友情无人可比。

梅姐：刘工下次一定要参加，你是集体的核心，有你才有我们这个大家庭，希望大家经常在一起。

娉婷：谢谢丁杰，谢谢你太太、妈妈以及姐姐的热情招待，使我们新老科技人欢聚一堂，度过了特别开心的一天。

卫华：愿刘工早日康复，谢谢丁大哥盛情款待，有这么一个老宅真让人羡慕，今天玩得很开心。

刘工：谢谢大家的关心，我一定会好起来陪大家。

丁杰：刘工身体无大碍吧，看您精神状态很好，好好休养，明年春暖花开的时候和大家来包饺子。乡村之美就在那儿，因你们的到来更美好。

四、L470俱乐部

20世纪80年代初，人民银行总行电子计算中心被称为核算工厂，其核算手段是一台M150计算机。1985年总行计算机升级，并同时为十四个沿海开放城市分行配置计算机，其中总行、上海和天津配置M240机，大连、青岛和福州配置M220机，秦皇岛、烟台、连云港、南通、宁波、温州和北海配置L470机。

M系列和L系列同为日本日立公司的产品，十四个沿海开放城市的同行一同赴日培训。回国后，配置L系列机的七城市同行集中开发人民银行会计国库系统，在此期间，开发小组更像一个大家庭，不仅出色地完成了开发任务，更结下了深厚的友谊。

随着时代发展和科技进步，L470机早就不再使用，但是在中国人民银行的科技发展史上，应该给其记上浓墨重彩的一笔。L470机是除总行之外各地方人民银行的第一代计算机，为我国金融电子化奠定了基础，积累了经验，更为我国金融电子化事业培养了人才。L470机开发组的邬向洋，是其中的杰出代表，他后来出任中国人民银行科技司副司长，为推动我国金融电子化建设作出了重要贡献。2020年，大概因为工作岗位变动，大概因为老了，领导授权建了一个叫“L470俱乐部”的微信群，兄弟们埋藏在心底的思念化成了流动的语言，塑就了“L470精神”。“L470精神”是品茗和鉴酒，是胜景和诗歌，是养生和怀旧，是集积数十年的生命感怀和体悟，是包罗万象的精神俱乐部。

秦皇岛之恋

卉姐：2003年重返秦皇岛时，就没联系到你。

伟光：真的很遗憾。

卉姐：这张照片是我们人民银行“老科技科”在丁杰家的乡村别墅。

吴弘：丁杰胖多了，卉姐也保养得很好。

卉姐：哪里，我每天三部曲，游泳、练琴、上老年大学。你有没有胖一点？

吴弘：好歹比原来胖一些。

伟光：白一点没有？

吴弘：肯定没你白。

伟光：我常海边游泳，好黑了。

丁杰：兄弟们好，别来无恙。卉姐的钢琴弹得可好了，要不要请她来一首？

卉姐：我们学琴得益于网络教学，献丑了。

吴弘：此曲只应天上有。

老章：卉姐好，退休以后我也正在学琴，由于是零基础弹得不好。

卉姐：又多了一个琴友，我也是从零开始的，已经学习十年了。

老章：丁杰，你家别墅靠着河边，这是水景房啊。

郇桑：你怎么会有集体户口？

丁杰：不是集体户口是农村户口，农村户口的建房用地属于集体性质，我爸的指标。

郇桑：你有一个好爸爸。

丁杰：有好爸爸的人，一般是住浦江两岸的江景房。

邬桑：我看天天看黄浦江也没什么意思。

丁杰：那是因为你天天看，天天住五星酒店的人，他也是怀念家乡老宅。怀念秦皇岛的人保招待所。

伟光：丁杰，有一次我在招待所吐了一个晚上，好像是秦皇岛分行食堂加餐。

邬桑：有几次改善是吃水饺，我不爱吃香菜，老高故意逗我放香菜。

吴弘：记不记得当年星期天自己出钱改善伙食，九荤一素。

邬桑：以前管改善叫“冒号”。

伟光：记得有一次大家从家里带来好吃的，我带了粽子，老章带来羊肉和酒。

吴弘：我只记得伟光带来过椰子。

邬桑：那是平生第一次吃椰子，记不记得我们一起到农贸市场去买驴肉，拿房间的水壶买散装啤酒喝？

老章：想想在秦皇岛的日子，还是很快活的。一到节假日，大家就一起到周边去旅游，感觉秦皇岛周边都玩得差不多了，其中避暑山庄和清东陵印象比较深刻。

丁杰：去承德时那个汽车在河床上开，以前还没见到过。

邬桑：那次应该是去清东陵，开了一天的汽车。

老章：那时候，一到星期天秦皇岛行的老鲁就安排大家到周边玩，先是老龙头，堰塞湖，孟姜女哭长城的地方，之后又是避暑山庄和清东陵。

丁杰：还在北戴河住了一夜的。

老章：对的。总行周正庆副行长当时正在北戴河开会，还请我们一起吃饭的。

邬桑：那天周行长高兴，喝得满脸通红。河北省最年轻的副行长陪同，第一次见总行行长，大家都很激动。

老章：陈元行长也到机房来看过我们。

吴弘：谁让我们是精英呢，倍受总行领导关怀。

数学杂谈

老高：不好意思，最近很忙，不曾有空聊。

伟光：还说呢，都几天不见你露面了。还记得这张照片是哪里?

吴弘：分辨率太低了。

伟光：怎么不说是你老视了。

吴弘：现在确实老视。

老高：你还老视?

伟光：我们这帮人就属吴弘最小了。

吴弘：再小这岁数在了啊。

伟光：估计老高今晚没少喝。

老高：几乎不喝了。

丁杰：你出的书叫什么名字，能不能给大家讲讲。

老高：数学方面的。

丁杰：数学方面的有几个人看?

老高：《数学杂谈》。

丁杰：嗯，杂谈还可以。

伟光：留一本签名本给我们留作纪念。

邬桑：高等教育出版社就在我宿舍旁边，不过我不是去出版，而是去楼下茶馆。

丁杰：高等教育出版社很厉害的。

邬桑：现在有几个人还写这种专业性很强的书？

丁杰：还是老高不忘初心。

三杯两盏淡酒

老高：忙里偷闲，和朋友去喝酒了。

邬桑：喝了几瓶？

老高：两杯红酒，一瓶啤酒。

邬桑：山东不是主打白酒吗？

丁杰：现在喝什么酒不按地区分类，按身份。

老高：丁杰对酒最有研究，记得还买过《酒海大观》一书。

丁杰：对的，那年在北京大兴买的，还买了一本《饮茶漫谈》。

邬桑：这是我泡了四年的杨梅烧。

丁杰：一般认为酒用来泡滋补品、药材，鲜果类大概也就相当于葡萄酒，尽管喝。

伟光：杨梅酒，酒不厉害杨梅厉害。

丁杰：喝多了都厉害，我是看领导喝得高兴，吹捧吹捧他。

伟光：这酒甜，容易醉。

邬桑：年头越陈酒劲越大，《酒海大观》有没有记载？

丁杰：你这个当属非遗文化，口口相传，书上没看到。

伟光：吃完早餐了，回家喝生普。

邬桑：生活这么丰富？一早上就差喝酒了。这日子过得真舒坦。

老高：伟光天天喝酒、品茗、唱歌。

丁杰：值得我们学习，有情趣，有情调。

邬桑：总体上，闽、粤、桂等南国人士生活质量优于北方。

丁杰：活得精致，北方人大多喜欢痛快，前门情思大碗茶。

或恐是同乡

丁杰：以前有个女生叫杨文，对吧？

邬桑：我和吴弘叫她白骨精。

丁杰：怎么能这样啊，不尊重人家吧。

邬桑：后来出了个大洋相，在高米店走廊迎头骂，用宁波话骂的。结果你问吴弘。

丁杰：可偏偏骂了个宁波人。

邬桑：应该让你用南通话骂。

丁杰：我会用南通话夸她的，用宁波话夸肯定会挨骂，嫌你肉麻。你还是骂对了。

卉姐：杨文后来去哪儿了？

邬桑：后来在总行清算中心当主任。

卉姐：是个大美女。

邬桑：那时年轻，很调皮的。

丁杰：不调皮谁喜欢呀。

吴弘：杨文白骨精，现在也是老骨头一把了。

丁杰：你是吃不到葡萄说葡萄酸。

吴弘：“白骨精”是褒义词，形容妖艳。

丁杰：人家就是漂亮，有什么妖的，是你们心中有魔。

白云生处有人家

邬桑：最近总行又有新文件，继续认领扶贫任务。

伟光：我现在就负责扶贫这一块的工作，我驻村好几年呢。

老章：还是伟光有激情。

邬桑：你们常年驻村扶贫，有没有思考出好的方案？

伟光：设法发展村集体经济，鼓励有劳动力的贫困户外出务工，其他也没有什么好办法。

邬桑：这些只能解决那些有意愿的。

伟光：村里有十一户危房改造，都说没钱动工，开口跟我们要钱。

老章：村民盖房你们补助多少钱啊？

伟光：广西的政策，危房改造完后政府补助两万八千元。今年三月份前动工的另奖五千，我们几个帮扶单位每户再捐赠十吨水泥。

吴弘：两万八千元能盖几间房？

伟光：自己还是要出大部分的，今天政府又给贫困户新政策，已入住新房但未拆的危旧房、废弃猪牛栏及露天厕所，自行拆除后，每户再奖励五千元。

丁杰：你们都是物质扶贫，没听到你说文化扶贫。

伟光：这是下一步，先解决温饱。

老高：你们那里怎么对扶贫投入这么大的精力？

伟光：广西是主战场，北海每个机关单位都要帮扶一个贫困村。

丁杰：还是要让他们走出大山，搬到城里来。

伟光：对，搬迁也是一种方式。可是农民不想离开他们世世代代生活的山村。

丁杰：白云生处有人家。

少女脖子上的项链

邬桑：你就是不喜欢酒，人生一大憾事，吃饭没有气氛。

丁杰：你到南通来，肯定陪你喝。兄弟们来我家乡村屋舍住几天，怎么样？

伟光：邬桑，杨梅酒就算了，带上你的茅台。

邬桑：好的，我还有两瓶，但每人都得下厨。

老章：丁杰，听你念叨过，就知道南通有个狼山。

丁杰：狼山风景区有五座山，以狼山最为有名。

老章：听你讲过狼山是佛教四小名山之一。

丁杰：应该是八小名山之首。狼山是大势至菩萨的道场，在佛教界地位非常高。

老章：这个还真不太懂。

丁杰：大势至菩萨是阿弥陀佛的右胁侍，和左胁侍观音菩萨并称

“西方三圣”。

伟光：你真厉害，不仅研究茶文化和酒文化，还研究佛教。

丁杰：我研究南通文化。

老高：你这么一说，真想去南通看看。之前只去过南京、扬州、镇江。

丁杰：南通是“中国近代第一城”。

老高：找时间一定去，连云港和南通。

老章：欢迎老高南巡。

丁杰：上海、宁波都是外国的通商口岸，南通是民族资本。

老高：弟兄们，我们首访南通如何?

丁杰：你们肯定不虚此行。濠河，南通的护城河，少女脖子上的项链。

伟光：南通的夜景很美，大家定要去一趟。

吉野南雄

伟光：好珍贵呀。

邬桑：哇，还是大姐牛，这么珍贵的照片！大家都贡献一点，老高应该最多了，他当时兼翻译。

老高：老照片一组。

丁杰：恰同学少年。

伟光：老龙头，普陀。

邬桑：北京大观园。

伟光：日本老师也进来了。

丁杰：小野在日立公司的地位是比较高的，有一次指着窗外说，就跟日本20世纪50年代差不多，邬桑说20世纪50年代你还没有记忆，小野愣了半天没说出话来。

邬桑：小野是谁？没有印象。

丁杰：瘦瘦的，小个儿，头发梳得光滑溜秋的。

伟光：带个小眼镜。

丁杰：对的，戴个眼镜。

伟光：三角脸。

丁杰：上面宽，下面窄。

邬桑：这个叫吉野南雄吧？

丁杰：哦，有可能，反正是什么野。

邬桑：看这张，中间那个叫吉野南雄。左边那个叫高桥蛮西郎。

老高：还有尾上二郎，中西利彦，增田正则。

山东汉子

邬桑：夫妻俩都过来了吧，习惯吗？南方跟北方完全不同。

老栾：还算习惯，只是春秋季节在上海。

邬桑：其实不想凑热闹的话，过日子还是烟台好，宁静。

老栾：也是没办法，来上海带孙子。

丁杰：享孙子的天伦之乐，孩子几岁了？

老栾：三周岁。在家里太忙，比上班累多了。

丁杰：辛苦了，但是高兴。三岁的小孩最好玩。

老栾：是，但也越来越不听话了。

丁杰：你骗骗她，三岁的小孩好骗。

老栾：三周岁有自己的思想了。

丁杰：那是，现在的小孩都是小大人。

老栾：现在的孩子不太好管，太过溺爱。

丁杰：不用爷爷奶奶管，看着就行。但看也不好看，累！

老栾：是的。很期待秋天南通相聚。

丁杰：我也很期待。国庆节吧，开始倒计时。

伟光：从南通开始到宁波、温州、北海，再连云港、烟台、秦皇岛，一年一个城市，争取七十岁前飞完。

丁杰：数学也太差了吧？

伟光：平均嘛，七个地儿起码要七年。

丁杰：我们可不敢到北海，你的酒友那么多，老高到今天还心有余悸呢。

伟光：我们喝酒是自愿的，不强迫。

丁杰：他不是说是被你灌醉的吗？

伟光：他是自愿的。

丁杰：他可能也是想在你那儿表现一下，看看，我们山东的汉子。

伟光：我们主要是人多势众，老高是单枪匹马。我在秦皇岛喝醉过呢，好像被你们看见了的。

丁杰：客场总归是不如主场。

梦中的婚礼

伟光：卉姐，今晚喝酒后，回家让女儿弹了一首，你提提意见。

丁杰：以后少喝点酒，这么晚还让女儿弹钢琴，能对你没意见？

惟勤：半夜就醒了，这是酒喝少了。

丁杰：半夜醒了，一般是酒喝多了，估计你没少喝。

惟勤：昨晚喝了四两，是在老家陪老爷子喝的。

丁杰：你的酒退了。

惟勤：退得差不多了。乡下睡得早，半夜就醒了。

丁杰：回老家度周末？

惟勤：回来看看二老，老爷子八十四岁了，每天两顿酒，一顿二两。

丁杰：老爷子厉害，二老身体好是你的福气。

惟勤：你平时晚上休息几小时？

丁杰：六七小时，年纪大了睡不着。

惟勤：不少了，比我多。

丁杰：那你太少了，要注意。

惟勤：这不是注意的问题，是睡不着。

丁杰：数羊。

惟勤：把羊数死了也没用。

丁杰：接着数，别数错了。不过数错了你就睡着了，做个好梦。

惟勤：做个好梦。

卉姐：伟光，你女儿弹的是《梦中的婚礼》。

丁杰：那些钢琴曲我听不懂，不过听得出来我家侄女弹得挺好的。

伟光：怪不得昨晚做梦举行婚礼了。

丁杰：跟谁呀？

伟光：想翻盖头的时候梦醒了。

丁杰：不该着急掀盖头，睁眼一看是孩子妈，把你的梦献给老婆。

日理万机

丁杰：邬桑，神采奕奕，风度翩翩。

邬桑：是不是比你瘦一点？

丁杰：那可不是，可不敢和领导比胖瘦。

邬桑：辛苦，所以瘦。

丁杰：是呀，你日理万机，但很精神。

邬桑：希望万机中有几个能够发挥作用，其他估计都是在瞎忙。

丁杰：一定有的，定会名留青史。

邬桑：那是不可能。

丁杰：留下一笔也好。

惟勤：邬桑，记得2015年的科技工作会议，看你坐在主席台上。

丁杰：真是的，到主席台上和领导打个招呼。

惟勤：电视电话会议，北京与连云港之间的距离。

丁杰：中央领导经常到地方视察，看总行领导在家里怎么坐得住。

绿水青山就是金山银山

伟光：这个竹林院子很漂亮。

丁杰：南方的竹林最是诗情画意，那年从宁波回来路过杭州，第一次到灵隐寺，山上的毛竹至今难忘。

吴弘：那你应该去看看安吉的竹海。

丁杰：对的，很近，可惜还没去过，那里的白茶名扬四海。

吴弘：现在那里的余村出了名，“两山”理念的发祥地。我去过，在那里吃了个中午饭，习近平总书记就是在我吃饭的小院子里开了个座谈会。

丁杰：你去早了。

吴弘：今年去舟山的一个村子，也是在他开会的院子里吃了个午饭。

丁杰：又去晚了。

吴弘：是的。

丁杰：继续努力，机会总是有的。

邬桑：给大家分享一下宁波力洋酒头。

吴弘：比二锅头还厉害。

邬桑：70度。

丁杰：厉害，但没有伏特加厉害，95度。

邬桑：这个酒厉害的是他的生产工艺。

丁杰：不会是用井水做吧，那怎么实现规模化生产。

吴弘：井水取之不尽，用之不竭。

邬桑：此酒正是用山泉井水做的，宁海是生态样板县。因为没受工业污，一直是宁波市的饮用水供应地。

丁杰：要不是宁海，宁波人民喝酒、喝水都是个问题。

诗成合座皆珠玉

丁杰：老高来一段原创的诗歌，让大家品鉴一下。

老高：好的。烟台古称芝罘，秦时已有。

芝罘湾

海市蜃楼幻天边，耕海牧渔只等闲。

岸松恭迎四方客，一泓碧水芝罘湾。

伟光：一直以来我的困惑解开了。

丁杰：你困惑什么？

伟光：为什么一个男人名字里有个“芝”字。

老高：再发一首。

海钓

远山朦胧晨雾开，一叶小舟海上来。

笠翁扬身水中坐，原来礁石是钓台。

丁杰：你应该出一本诗集。产量这么高，整理一下很有必要。

老高：纯属无聊时的文字游戏而已。

咏凌霄

凌霄攀树梢，风中摇曳万千条，花开树含笑。

丁杰：这是一首词吧，词牌名叫什么？

老高：这是日本的俳句，句式，五七五。

丁杰：哦，没见过。

卉姐：今天我们姑嫂三个去南通植物园寻春。

丁杰：粉黛乱子草，对吧？

卉姐：是的。

丁杰：我也来一首。

倾城

粉黛三美女，共道幽香闻十里，一顾倾人城。

老高，怎样？句式，五七五。

伟光：你这是即兴发挥？

老高：俳句大师。

时过境迁

卉姐：我儿子现在不说南通话，从读苏州大学再到苏州工作十多年，学说苏州话了。

邬桑：苏州话嗲，把儿媳妇都给骗回来了。前些年宁波分行经费还算比较富裕，五湖四海都来投档，我招了一个苏州大学的硕士。

丁杰：现在经费不富裕就可招硕士。

邬桑：是的，现在研究生找工作也不容易。

丁杰：宁波分行的平台还是非常好的，肯定吸引人才。宁波分行工作几年，也算是镀层金吧。

邬桑：也许吧，金电公司经常这样，进来了就算是央行的了。

丁杰：现在工作太难找，大学生到民营企业的比比皆是。

伟光：我们今年有三个辞职的，两个都是研究生。

邬桑：如果是北海当地人，辞职有点可惜。

丁杰：就是要找到更好的平台。还记得刚毕业时拿多少钱吗？

惟勤：八五年参加工作时我拿四十四元。

伟光：四十五元，转正后五十四元。

惟勤：四十五元？

丁杰：地区差是有的，少数民族应该有补贴。

惟勤：一年积攒下来的钱不够买一辆自行车，记得当年想买自行车还搞不到票。

伟光：已经很好了，不用买房，现在的大学生买房压力太大。

丁杰：现在不也是父母帮他们准备吗？

惟勤：苦了农村出来的孩子，买不起房。

丁杰：农村里的人也在城里买房，要是到一线城市上班确实有点够呛，得有实力。

邬桑：现在的孩子都往一线城市挤，其实还是要根据实际情况。一线城市竞争压力大，生活成本高，在大城市安定下来还真的不容易。

知足常乐

老高：易纲行长考察烟台蓝色智谷，与小企业主开了个“站谈会”。

邬桑：像易行长这种都是好人，有知识，就变得有良心。一切为了人民，一切依靠人民。

丁杰：官越大越平易近人，越没有架子，就是他身边的那些人不让我们见他。邬桑，应该说是不让老百姓见他。

邬桑：我就是老百姓啊。

丁杰：我是坚决拥护党中央，确实英明伟大。

惟勤：所以你响应号召住别墅了，我们也要跟上。

丁杰：老百姓就是要安居乐业，平平安安。

惟勤：领会深刻。

丁杰：老百姓对美好生活的追求，就是党的奋斗目标。

惟勤：看来今天是L470党小组学习的日子。

邬桑：还是惟勤的定位高。

丁杰：我们应该是支部吧。惟勤八项规定还是执行得很好的。

惟勤：还是商业银行好，待遇高，条条框框少，你的选择对。

丁杰：对的，要是当个体商户就更好了，正好赶上“地摊经济”。

惟勤：靠谱，晚上就去摆地摊卖茶叶。

丁杰：摆个小桌子，边喝茶边吆喝。

惟勤：一会儿再到网上买把芭蕉扇。

丁杰：还是买羽毛的好，像诸葛亮那样，风度翩翩。

惟勤：有道理。

丁杰：诸葛亮相当于国务院总理吧？

惟勤：国务院总理兼国防部长。

丁杰：还不是战战兢兢地唱空城计？

惟勤：全靠那把羽毛扇把司马懿赶走了。

丁杰：没准儿“地摊”把“淘宝”赶走了呢。

惟勤：目标有点大。

丁杰：人要有理想。

邬桑：煽风点火。

丁杰：人家点火我煽了点风而已，自我解嘲。

收官之战

丁杰：扶贫有什么突破吗？

邬桑：今年可是要收官的。

伟光：脱贫没问题，收入都达到了，六月底前解决住房问题就行了。

邬桑：持续性是否考虑到了？

丁杰：明年他就退休，可是现在就算退休了也照样被问责。

伟光：到贫困村直播卖鸡，北海中支工会、团委联合桂林银行于今天上午10点—11点到中支扶贫点独竹村，通过直播平台开展“金融标准助力精准扶贫”线上宣传带货直播活动，欢迎大家观看。

邬桑：这个活动帮了农民。应该发动工青妇，发挥央行职能，比如信贷精准滴灌、经常项目服务，帮助村里建立长效供需渠道，那就功德无量了。

伟光：继续努力。

老章：蜂蜜要是好的话，我们也买一点。

伟光：今天直播带货，我卖了五百只鸡，三百斤蜂蜜。

丁杰：伟光，这几天怎么没有发布扶贫动态？

伟光：我在桂林疗养，表彰我在扶贫中的贡献。

丁杰：桂林山水秀甲天下。

伟光：明天参观湘江战役旧址，到时给你普及一下红色文化。

丁杰：《从湘江到遵义》，红军十问，振聋发聩。

伟光：还有两张免费疗养门票，留一张给你，“全国十佳”疗养院。

丁杰：看看你们这些人，疗养院还要评选“十佳”，比什么，有多无聊。

惟勤：你们疗养的地方这么好，我们都是选在周边城市。

丁杰：不好意思，桂林就是周边城市。

惟勤：也对，是我们的周边城市不适合疗养。

丁杰：是你们不会选，不是有青岛、烟台。

惟勤：这个有规定，疗养不能出省并且要就近。

丁杰：那就来南通，有濠河。

人间有味是清欢

丁杰：温州不是不产茶吗？

吴弘：山里面总是有些茶的，名气不大而已。

丁杰：名气不大不等于品质不好，养在深闺人未识。茶是新的好还是陈年的好？

伟光：绿茶是新茶好，发酵茶是陈年好。

丁杰：那红茶也是要陈年的吗？

吴弘：红茶不新不旧最好。

丁杰：北京亲戚刚寄来的，湄潭茶叶。

吴弘：湄潭茶叶是龙井的种，抗日战争时期浙大人带去的。现在不少龙井茶都是收购湄潭茶叶加工的。

丁杰：茶文化大博大精深。

吴弘：这种鱼长相吓人，做成鱼干烧肉却十分美味，真的吗？

丁杰：没怎么吃过，鳗鱼干烧肉倒是吃过。

惟勤：这不就是安康鱼吗？日本人喜欢吃它的肝，俗称蛤蟆鱼。

丁杰：这些海鱼我还搞不太清楚。

卉姐：这是我们老家的做法，但我们如东人叫它河豚鱼干，这种烧法最佳。

丁杰：来南通，让卉姐做给你们吃，还有文蛤饼。

伟光：北海吃新鲜的河豚，我们叫龟鱼。

丁杰：是海河豚吧，我们可是江河豚，不过现在都是养殖的。

伟光：北海的是这样子。

丁杰：好像不太一样，你们那儿的是肚皮向上，我们这儿的是背脊向上。

伟光：拍的时候被他们吃过了。

丁杰：何止是吃过，你这就是残羹剩菜。

吴弘：惟勤，你发的这是连云港的硬菜？

惟勤：准确地说是连云港市灌云县的硬菜，豆单。原料是豆叶子上养殖青虫的肚内蛋白质。

丁杰：肚内蛋白质怎么取，连肚子一起烧吧？

惟勤：不是的，我看他们似乎是把头切掉，从尾巴开始赶出来。

丁杰：赶出来的都是蛋白质吗？

惟勤：内脏最先出来，次之就是蛋白质。

丁杰：这个确实是硬菜。

惟勤：价格不菲，据说不少农民种豆子不是为了收豆子，主要是养虫子。

丁杰：养了虫子，一般就收不了豆子了。这个菜环保，农民为了收豆子还得打农药，养虫子就不用了。

惟勤：是的。

丁杰：可是有些良心不好的虫农，会给虫儿吃激素。

吴弘：这虫子油炸还可以，这么白乎乎的吃需要勇气。

丁杰：不喝酒那是不行，老酒推下白玉珠。

炊烟袅袅

伟光：今天组织工商企业给贫困户捐赠建房。

吴弘：送砖块呢。为什么南通不扶贫，难道任务完成了？

丁杰：领导报喜不报忧，让人误以为没有贫困户了。

伟光：这家贫困户生了十个小孩，从高中到小学，还送了两个给人家养。我们生一个的去给生十个的扶贫，不公平啊。

丁杰：生一个的不去扶，谁去扶？自己又不生。贫困人口的标准是什么？

伟光：低于平均最低收入，广西是人均年收入三千三百元，人均住房十五个平方米。后来中央把脱贫标准定为“两不愁，三保障”即不愁吃、不愁穿，保障医疗、教育、住房。

丁杰：明白了。

伟光：今天当地报纸整版报道了我们帮扶的独竹村，决战决胜脱贫攻坚战。

丁杰：独竹村大有可为。

吴弘：伟光，功不可没，厥功至伟。

伟光：土鸡吃了不少，也算是消费扶贫了。

丁杰：得了便宜还卖乖，独竹鸡环保又便宜，你赚大了。

伟光：农民要求不高，有房住，有酒喝就行了。

丁杰：什么人扶出什么成果，中央又没说脱贫要有酒喝。

伟光：中央脱贫基本条件，“两不愁，三保障”。不愁吃，是不是包括“吃酒”。

丁杰：理解深刻。

吴弘：增值服务。

伟光：今天蔡市长到村民朱进南家走访，下贫困村检查工作。

丁杰：装修是很漂亮，但还是要买点家具，市长来了坐也不好坐。

吴弘：这比市长家还大呢，可是酒已经没有了。

伟光：市长比自己住大房子还要高兴。面包会有的，酒和家具以后都会有的。

白头不相离

伟光：今晚老婆买了个扶贫鸡，还是喝一口。

丁杰：你老婆喝酒吗?

伟光：不喝，小孩陪我喝一点。

丁杰：让她喝，工作没做到位。

伟光：小一口。

丁杰：要小一杯，不过那小一口也很温馨了。

伟光：女儿陪我喝点果酒。

丁杰：你很厉害，我女儿已经懒得理我了。

伟光：你要主动一点。

丁杰：我是她爸爸，凭什么我主动？不过外孙女和我关系不错。

伟光：隔辈亲。

丁杰：一点都不错。最亲的永远是老伴。

伟光：老来伴，最后陪你的还是老伴。

丁杰：老伴就是爱说道，除非老伴能喝酒。

伟光：喝了酒话更多。

东风吹水绿参差

丁杰：广西有哪些少数民族？

伟光：十二个。广西除了汉族以外，还有十一个世居少数民族，分别为：壮、瑶、苗、侗、仫佬、毛南、回、京、彝、水、仡佬族。上个月毛南族整族脱贫，总书记作了重要指示。

丁杰：毛南族还没怎么听到说过，还是汉族人居多吧？

伟光：汉族人最多。

吴弘：这些少数民族都是户口本上的吧，平时区分不出来吧？

伟光：我就是壮族。

吴弘：你们有民族服装吗？

伟光：正式场合会穿壮族服饰。

丁杰：少数民族不用计划生育吧？

伟光：以前是壮族以外可以生二胎，壮族不行。

吴弘：壮族有自己的文字吗？

伟光：在周总理的提议下，1958年创造出壮文，现在规定政府机关部门的牌子必须以汉文和壮文两种文字标示。

丁杰：广西哪个民族喝酒比较厉害？

伟光：瑶族。

丁杰：哪个民族的姑娘最漂亮？

伟光：这个不好说。

丁杰：水族姑娘好像挺漂亮的，杨西音子演唱的《小河淌水》。漂亮吗？

伟光：漂亮。

丁杰：为什么歌手唱歌的时候总是喜欢闭上眼睛？

伟光：陶醉。

丁杰：老牛，京剧也这样吗，梅兰芳也陶醉吗？

老牛：当然陶醉，跟唱歌兴致一样。

丁杰：我是说梅兰芳闭不闭眼睛？

老牛：那肯定不闭，演出的时候要注意形象。

丁杰：所以闭眼其实就是一种表演技巧，给观众一种心理暗示，暗示你陶醉，但梅兰芳不需要使用这种技巧。

老牛：非常对，但存在就是“美”。

南方的婉约与北方的壮阔

伟光：一个导游朋友发的，就在德天瀑布附近。

丁杰：导游就是想人们去旅游，可是到了实地就欣赏不到如画的风光，还有天籁般的声音。

老章：风景如画，这意思是画比风景好看？

丁杰：那当然，画源于风景而高于风景，是风景的提炼。

老章：有时候人置身于美景之中，往往体会不到妙处所在。

丁杰：不识庐山真面目，只缘身在此山中。也可以说“身在福中不知福。”生活是风景，理想是如画。

老章：有道理。

卉姐：分享一张丹霞崖壁。

丁杰：这是哪儿？

卉姐：青海。

老章：卉姐和伟光的照片风格迥异，两种意境。

丁杰：北方的壮阔和南方的婉约。

伟光：立冬吃饺子，还剩这些。

丁杰：我们吃汤圆，可惜没剩的。

老章：北海也会包饺子？

伟光：你这是什么话，不过广西包饺子面皮都是买的，很少擀面皮。

丁杰：产业分工是趋势，没必要都自己做。

伟光：领导就是领导，这么小的问题提升到一个理论高度。

郇桑：为什么现在北方人不怎么喝酒，南方人反而经常喝？

老章：每顿就半两，也就是喝个情调。

丁杰：说谁呢？

老章：北方人只要端起酒杯，没有二两是找不到感觉的。

丁杰：南方喝情调，北方喝痛快。

邬桑：南方人民紧着喝酒，北方人民紧着忽悠。

老章：南方人情调中有痛快，北方人痛快中有情调。

丁杰：精准、到位、痛快。

还是回来好

卉姐：大家重阳节快乐。

丁杰：其实我们都很年轻，但重阳节又不得不过。

老高：今日又重阳，登高叹惆怅，昔陪父母过，今沦自己伤。

邬桑：小孩不在烟台吗？

老高：在美国。

邬桑：让他回来。

老高：我准备让他回来。

丁杰：你让他回来他也不一定回来，得他自己想回来。

老高：国外环境变了，还是回来好。

丁杰：也不是说美国就怎么样了，但是对于大多数中国人来说，还真是回来的好。

雪贯天地间

老高：你那儿有这么冷？

丁杰：对的，乡下很冷。

伟光：早安、健康、快乐。有问候的冬天不寒冷。

丁杰：生在南方的人是不知道北方冬天的寒冷的。

老高：南通不就是南方吗。

丁杰：南通夏天属南方，冬天归北方。连云港下雪了？

惟勤：这个视频就是刚拍的。

丁杰：很漂亮。伟光，我们晚上下，你们那儿什么时候下啊？

伟光：北海不下雪，广西北部和西部会下一点，一般在春节左右。

老高：雪景一组，我刚从我家窗口拍的。

丁杰：银装素裹。很恬静，仿佛画面里面有故事。

老高：给大家发几首胡诌的观雪咏雪顺口溜。

雪

如羽似花落天际，不期而至若有期。
染遍北国平常物，飘过江南堪称奇。

风雪

风啸日月寒，雪贯天地间。
漫漫空中影，阵阵地上烟。

夜雪

雪压松枝低，风吹寒芦斜。
夜下香灯处，园中小径灭。

丁杰：强烈建议出一本诗集。

老高：好的，继续努力。

不要人夸好颜色

老高：最近没有登山，带你们看海吧。

邬桑：想起来1988年底，我与老高同游烟台海滩。

丁杰：老高带我登过山的。

老高：烟台吗?

丁杰：是烟台，你忘啦？在城西那边，上面有个炮的。

老高：西炮台，现在是国家级重点文物保护单位，烟台还有一个东炮台。

伟光：老高的这张照片很漂亮，海浪打出沙浪，上面要是再有一层水花就更雅致。

丁杰：那是另一种意境，等涨潮的时候，老高还要去拍的。

邬桑：记得那年，年终决算，我在烟台陪老高，还和刘建忠一起吃了个饭，说起来很久没见过他和江殿学了。

伟光：听说江殿学在北海买了房子。

丁杰：人民银行的干部要是不买房，实在是辜负了党的培养。

伟光：谬论。

邬桑：广西有个横州市支行吗？保卫股原副股长微醉驾摩托车，开除。同样的福建武平县支行，因为退休了又是共产党员，结果是开除党籍，降低退休待遇处理。

伟光：我们有个副科长2007年在小超市买了两个老虎机币玩，给治安大队抓获，缴获赌资十三元，罚款五百元。这次的“大了断”行动，被纪委在公安平台查出来了，责令检查。

丁杰：2007年早就过诉讼时效了吧?

伟光：党纪管你一辈子。

丁杰：从严治党，党风廉政建设永远在路上。

何日君再来

徐君：老牛右侧的是章卫国、于惟勤，左侧的是陈伟光、高敏芝，慷慨激昂的应该是丁杰，头发老白的那位是谁？

惟勤：老者是刘锡鹏，南通的刘工。

徐君：你风度不减当年。

惟勤：头发顶了半辈子太累了，准备短期清零。濠河夜景一组。

徐君：濠河的夜景太美了。

惟勤：江苏农民住的老房子。

徐君：这还是老房子啊？

惟勤：新房子老物件，仿古建筑风格。

丁杰：这还有文化底蕴问题，看陶总家养了那么多盆景。全国八大盆景流派之一，“两湾半”是通派盆景最主要的特色，有深厚的民间基础。

卉姐：本来安排你们去如皋水绘园的，那里有盆景园和盆景展，还有冒辟疆和董小宛的故事。

丁杰：时间太紧张，景点什么时候都在，“乡村乐”才能更深度了解南通。

老牛：南通给我留下的印象非常好，有南方城市的风格，当然最佳特色是人文风情。

吴弘：南通美食极具特色。

丁杰：我吃过最好的地方特产就是石港窨糕，要是有好的下次给你们寄点过去，不知道是不是都这么好。

吴弘：窨糕是好吃，我都吃了两块。坐我旁边的富豪，见我好似没吃过糕点的样子，又让给我一块。

丁杰：看人家就是低调，要是让给你发点财就好了。

吴弘：有点心吃就行，人不能奢望太多。

丁杰：这个人是我们原来那个乡的首富。

吴弘：真人不露相。

丁杰：就是，他过来把我加了好几次酒。陶总当年跟我同坐，又没有考大学，看人家活得那个文化，那个潇洒。

吴弘：柴米油盐皆生活，五味杂陈乃人生。

丁杰：就是。钱再多不过也就是喝点老酒，连窨糕都让给别人了。

伟光：从你同学家到饭店的路上，老牛、老章、我，还有周勤一路上在唱京剧。

丁杰：这块土地就是那样神奇，到了这儿你就得不由自主地唱。

伟光：石港镇是全国戏曲之乡。

老牛：昨天大家都忍不住唱。

丁杰：是的，我同学也唱了，卉姐还唱了《白毛女》，第一次吃饭，宾主在饭桌上这样子唱，除了到石港不多见。

老牛：如果不是要到医院陪父亲，我打算在江苏再玩几天，江苏真好，尤其南通最好。

老高：我来凑个热闹。

重聚首

三十六年重聚首，你我已白头。
相貌体型多发福，声音仍如旧。
往事历历如泉涌，旧闻轶事说不够。
诨名绰号喊声起，仿佛回到那时候。
酒不醉，话不休，意犹未尽，期盼再聚首。

伟光：卉姐谱曲，我来唱。

老高：我先抛砖引玉。

吴弘：有怀旧的伤感。

老高：好的，再来一首。

情长留

三十六年聚南通，遥看天际流。
五山风光美如画，狼山当为首。
濠河绕城夜景美，张謇留芳在通州。
村井老屋东篱下，草长莺飞垂杨柳。
不想走，还想留，友谊长存，老酒更醇厚。

吴弘：老高要不是早回去，再留一天得出诗集了。

老高：被伟光逼上梁山，老是唱一段太乏味了。

老章：伟光声音醇厚，献歌非常及时。丁杰、卉姐都辛苦了。

伟光：我到机场了。感谢丁杰和卉姐精心安排，我们在南通度过了美好的时光，欢迎各位来北海走一走，看一看。

吴弘：我已启程返乡，感谢卉姐和丁杰的盛情款待。三十六年弹指一挥间，很幸运那些年我们一起走过，更难得这么多年来大家还相互挂念，这些美好的记忆注定将永久珍藏于心。时光荏苒，情谊长存。大家各自珍重，后会有期。

老牛：丁杰、卉姐及你们的家人辛苦了。老高虽然早回了一天，可心还在南通。这几天老章一直跟我回忆往事，我很佩服他的记忆力。今晨又早起，陪我退房，送我，真是恋恋不舍，盼望大家再次相聚。

惟勤：巍巍狼山装不下我们的记忆，泱泱濠河盛不了我们的真情，滚滚长江诉不完我们的思念。时光如梭，愿我们的友情像茅台酒一样越久越醇。欢迎各位来连云港送温暖，续真情。

卉姐：不客气，自己人。欢迎大家携家人再次来通。

第六章 浅墨素笺

月落林梢

日落江村远，
烟云度几重。
落日啼乌柏，
空林露寄生。

上小学时，老师表扬我作文写得好，但我不知道好在哪儿。别人的作文都比我长，描写比我生动，而我总是那干巴巴的几句话，便将想表达的意思说完了。后来发现有些同学确实常偏题，抓不住中心，写了一堆话，却不知道想表达什么。

父亲是党员、大队干部，因此我家藏有一套《毛泽东选集》，一有时间，我便如饥似渴地学《毛选》，读了毛泽东的书，受用终身。毛泽东著作大气磅礴、风趣幽默、引经据典却通俗易懂。

因工作关系，经常也写点调查报告、工作总结之类，但都写不好。1999年竞聘电脑处长，大家说我竞聘稿写得好，后来在岳父八十岁生日和女儿婚礼上致词，朋友们又夸我讲得好，其实都是写好稿以后反复修改，背出来的。

文章我做不了，若有真情实感，基本上可以比较完整地表达出来。可惜，自认为还可以拿出来再看一看的几篇习作，均未保存下来。翻遍手机和电脑，仅找到拙劣的几篇，我想还是收录于此。

一、原来如此

崔永元出过一本很有名的书《不过如此》，当年看到这个书名的第一感觉是，不文学。

后来拜读了他的大作，若说将读者的快乐建立在自己的痛苦之上，那是自嘲。真正的，他是以平常平和的心态、机敏机智的洞察和幽娴幽默的语言诠释了生活，带给读者快乐，也营造了自己的快乐。如此低调豁达，除了《不过如此》，显然不会有别的书名更为合适。

崔永元是我十分崇拜的偶像，他是1963年的，我也是，他在北京读的大学，我是在南京读的，他后来进了央视，我进了央行，他的书叫《不过如此》，我的就叫《原来如此》。况且，我也旨在将一些不为人知的小故事告白朋友们，似乎也很切题。

还未动笔写书的时候，我已将序言写好了。周勤说，人家是文化人，写出来的书不需要显得有文化，你不是文化人，要装得斯文一些。于是，我又将书名改成了《月落林梢》。可原先写好的序言，又舍不得丢掉，反复思量，还是收录于此。

每一个家庭都是社会的缩影，但像我们家这样连接众多不同社会阶层，在诸多领域、各类职业人群中找到代表人的，并不多见。

小的时候，不知道先辈们口述的家史记忆有多珍贵，更不明白他们当年道路选择之艰难和生活历程之艰辛，到了今天的年

纪，好像有所明白了。但是，先人们已然纷纷离去，为了不忘却，我将儿时听过的故事碎片和后来亲身经历的难忘瞬间加以整理，记录下来，便形成了本书。

这本家史录，更像一部章回体小说的故事梗概，没有扣人心弦的情节描写，但脉络是清晰的，结构是完整的。有点像近代乡史的清明上河图，又如江海大地的民风全景画，在穿越历史的每一个时空节点上，都飞扬着一个个鲜活的、有血有肉的面容，那是我们的先人。

通过本书，希望帮助与本文记述有关的亲友及其后辈们，了解一些可能不为其所知的先辈们的情感经历和生活片段，希望我的女儿和我的外孙女，不要忘记那些曾经对自己生命产生过影响的人。你们的生命将一代一代地延续，你们的生活可以通过视频、图片的记录，一代一代地向下传承，但你们对上世代的追溯，可能就只到我的记述为止。

百年岁月风雨沧桑，时代潮流浩浩荡荡，历史的沙滩上留下了一行行深深浅浅的脚印，先辈们在时代大潮中的俯仰沉浮和悲欢离合，昭示着今天的幸福得来不易，且行且珍惜。

收录的几个微信群部分聊天内容，其实是进入老年阶段的思想暴露和情感抒发。在平常时略带调侃，从平淡中寻找欢乐，让晚年生活在努力的乐观、糊涂的达观和幽默的客观中飞扬。

后文，简略叙述了我对生命的思考。中华文明博大精深，国学思想浩如烟海，历史传承拨弄了我的思想涟漪，我相信浓缩五千年文明的中华文化必定历久弥新。

二、美国不是天堂

2013年5月，我和周勤赴美参加了女儿的毕业典礼。下半年外孙女悠悠出生后，我们于2014年春节再度赴美去看孩子，在美国住了一个多月。

我特别喜欢美国的乡村，山川秀丽，景色宜人，广袤土地上坐落着一幢幢简约大方、质朴自由的美式别墅，书写着人们对亲近大自然的渴望和对生活情趣的追求，令人向往也令人陶醉。直观上看，我认为美国是宜居的，尤其适合养老。

长期以来，由于中美之间巨大的经济、社会差距，一心向往美国生活方式，渴望成为美国公民的年轻人不在少数。当年，因女儿女婿旅居美国，外孙女顺理成章地在美国出生，我也有幸成了美国人的爷爷。

女婿毕业后，他们回天津发展，悠悠因上幼儿园很少来南通。2020年春节，孩子想我们了，独自回来，在南通多住了些日子。

孩子虽小却很有思想，学习、生活和理想都跟我们聊。她知道幼儿园马上毕业得上一年级了，她知道自己是美国国籍必须上国际学校，不能和幼儿园的伙伴们再一同上小学，这令她很是无奈。我的情绪随着她情感的变化而不断翻涌，真的舍不得孩子。

我必须为孩子发点声，提笔给女儿写了一封信，其实最想说的只有一句话，就是将我外孙女的国籍改成中国，但这可能有些复杂，我不太好说，其实也不适合我说。

心舒：

你好！

我们父女有些年没有好好聊天了，记得你在美国读书的时候，我们时不时在网上聊几句，一晃就十多年了。你那么小便去了美国，真的非常了不起，爸爸一直为你骄傲。我也是十七岁考取大学第一次离家的，到了个南京就搞得我晕头转向。

美国的大学经历不容易、不平凡，是你的终身财富，最重要的其实还是培养了你的自信心和锻炼了你的独立性，当然你为此付出了很多，个中的酸甜苦辣只有自己最清楚。那时候我和你妈都很担心你，牵肠挂肚的滋味儿，大概没有亲身经历的人也很难体会。

现在一切已经过去，你发展得不错，我们都很庆幸。这不是必然，而是你勤奋努力的结果，更要感恩上苍的眷顾，你要好好珍惜。

去年，我着手写一篇回忆录，从你的曾祖父到你爷爷直至悠悠都有一些文字。你爷爷的故事我了解比较多一些，当然还有我自己，在跟你现在差不多年龄的时候皆遇到良好的发展机会，但我们都错过了，没有抓得住。原因可能来自许多方面，除了自身的努力和实力不够之外，就是缺了高人点拨，有时候也没想听别人的意见，在个人选择、判断上出了偏差。

人的一生就是一个不断选择的过程，这非常难，但不得不终身面对，不但受知识、阅历、环境的限制，更需要理性、智慧和勇气。

前些日子听说让你去李大学的合资公司担任人资行政部经理，你是太幸运了。李大学可谓中国“互联网+”的重量级人物，得到过很多荣誉，具有极为丰富的“互联网+”实战经验。作为一家科技公司，你的同事中可能会有很多优秀人才，他们都是时代的精英，在这样的环境中工作，一方面体现了你的价值，另一方面也是你汲取营养的源泉，希望你认真虚心学习。

每个人的成长道路不同，专业方向不同，但每个人追求成功和社会尊重的目标是相同的。要互相学习、尊重和借鉴，多听一听别人的意见，切莫自以为是。

做人还是要厚道、要谦卑，要有牺牲精神。工作要投入，尽量做得圆满一些，你的存在别人难以替代，自身价值就实现了。

你小的时候特别听话、温顺，美国的生活和教育经历锻炼了你的坚强和独立，变得凡事有主见，我们非常高兴。父母总是以子女为牵挂，不是担心现在就是担心未来，望你有机会把工作和生活中的喜悦多与我们分享，我们将喜你之所喜。如果有需要帮助的，我们会竭尽全力。

这些年，我在工作上没有建树和成绩，过早地退居了二线，因此我现在全部的寄托就是你和悠悠了。

此次悠悠回来给我们带来了无尽的欢乐，这孩子察言观色，看人下菜，灵得很。但童言无忌，也让我联想到一些事情，不妨说两句。

悠悠说自己是美国籍不能上中文学校，她不想上学。你妈让她睡觉不允许讲话，她说睡不着。看上去孩子缺少对学校生活的憧憬和信心，有一些顾虑情绪，上学前你们还是要做细致的引导。然后要认真观察和评估孩子对国际学校教学方法的适应情况，要防止孩子的厌学情绪，不能影响自信，对孩子要多多鼓励。

这个美国籍是挺麻烦的，当时情况下做这样的选择是对的。随着形势的变化还是要认真地思考一下孩子未来的路在哪里，我们坚持的价值和意义是什么？很多人都有一个美国情结，可美国的发展好像不是想象的那么令人满意，美国究竟好到什么程度我们不太了解，但诸如巨额美债、产业空心化、种族隔阂和校园枪击等问题是确切存在的，综合国力、国际信誉在下降，长期接受中国生活方式和文化熏陶的人是需要适应的，对于相当一部分人来说，这种适应并不简单，甚至很痛苦。

孩子的未来不会像家长想象的那般如意，更不会按照家长规划的路线发展，对孩子的期望值不要太高，要面对实际，顺其自然，不必刻意和苛求，适合才是最好的。世界在变化就需要适应，但调整好自己是需要充分智慧和极大勇气的。我是跟不上时代，总也不放心孩子，我的愿望是为孩子选择一条安全、平坦的路。

我当然希望孩子能成为一个有成就的美国人，退其次成为有尊严的美国人也谢天谢地。但这条路可能很辛苦，若实在太难可不可以考虑放弃美国籍？成功的人实在是太少了，平凡的快乐和幸福也很珍贵。我们不下结论，可以作一些思考和比较，面对现实但不放弃憧憬。

家庭生活的琐事，商量着办，不要太过于坚持。如果我们确实错了，自己改变是最好的台阶。

三、人间四月尽芳菲

文人笔下的时令和季节，无不被赋予强烈的象征意义，寄托了浓烈的个人情感。白居易选用“人间四月芳菲尽”的诗句来反衬“山寺桃花始盛开”，其实是抒发了对烦恼的无奈和对美好的喜悦。在诵读诗人千古名句之时，我的情感与其发生了激烈碰撞。

2020年4月，“L470俱乐部”微信群诞生了，曾经朝夕相伴、并肩同行的老朋友，除了在线上怀旧，更渴望再见一面。2021年4月16日至18日，兄弟们相聚在美丽的江城南通，共度久别重逢的美好时光。

人间四月，繁花似锦，喜事连连。有朋自远方来，不亦乐乎。欢迎词的第一句话，我毅然选用了“人间四月尽芳菲”的词句，不想大家都夸我反其意而用得好，也不知是真好还是假好。

各位朋友：

大家晚上好！

人间四月尽芳菲，春意盎然，春风拂面。在这美好的季节，兄弟们无论天南地北，不辞旅途劳顿，相聚在南通美丽的文峰塔下，我谨代表我和我的家人，对大家的光临表示热烈的欢迎和衷心的感谢！

三十六年过去，弹指一挥间。在兄长和兄嫂、兄弟和弟妹们尚未相识的时候，我们这帮兄弟们，就经常在一起喝酒了。

还记得，在秦皇岛人保招待所，我们吃伟光从北海背来的椰子，在秦皇岛中支食堂，我们喝老章从连云港带来的“洋河”，

我们一起登山海关，我们一同游北戴河。

在普陀，我们拜过观音。在溪口，我们驻足在丰镐房和文昌阁。在大连，我们去老虎滩游泳。在承德，我们坐在皇帝避暑的地方唠嗑。在大兴黄村的军营里，我们一同经历了北京的沙尘暴。

我们一块儿走出国门，流连于樱花的国度。清晨，一块儿赶地铁，进同一间教室听课。中午，一块儿去食堂，排着队领快餐饭盒。晚上，一块儿逛超市，买最便宜的鸡架骨，然后又回到同一栋宿舍楼。

我们忘不了。忘不了百合丘的小山坡，还有路边不知是不是百合的花，忘不了东京塔和琳琅满目的秋叶原，忘不了芦之湖和箱根的臭鸡蛋，忘不了千叶县的迪士尼乐园。

一晃我们就长大了，聊女生的时候，老栾和老章的话特别多，我猜他们可能是有了女朋友。兄弟本不分你我，但他们那一份爱情的甜蜜，我们一直都承认，那是他们的私有。后来，我们各自成家立业，夫唱妻和。

一晃我们就变老了，有的学优而仕，有的功成名就，但都忘不了老朋友。去年4月，“L470俱乐部”微信群诞生了，从此，我们每天在线上报到，在群里欢笑，微信俱乐部给我们带来无比的快乐。

我们快乐的是品茗和鉴酒，是胜景和诗歌，是养生和怀旧，L470这个包罗万象的精神俱乐部，陪我们一路走过。

兄弟们，我们的头发越来越少，血压越来越高，但我不信酒量会越来越小，因为我们的心越来越年轻，我们的情谊越来越深厚。

兄弟们，干杯！

第七章 江海拾贝

月岩林植

清晨入古寺，
初日照高林。
曲径通幽处，
禅房花木深。

我喜欢阅读，内容散杂，唯南通故事尤其喜欢。本章精选了十七则“江海拾贝”的小故事，故事中虽无我的身影，我却是在故事中长大，是滋润我成长的雨露，也是指导我思想的指南。

本章分为三部分。第一部分“小镇故事多”，讲述了六则通州北部小镇的家乡故事，这些故事鲜为人知，却蕴含了家乡人民的万千情愫。第二部分“小城竞风流”，拾取了六则南通故事，从不同侧面反映了南通文化底蕴之深厚和社会发展之欣荣。第三部分“流芳青史”，介绍了五位在相关领域具有开创性或里程碑意义的人物及其学术专著，探究了他们在这些领域中的成就和贡献。

这些故事拾贝了《通州历史文化概览》《南通群英馆》宝库中的灵光片羽，意在献给读者一张走进南通的导图。每则故事仅一页，去繁就简，浅尝辄止，南通的气息、风韵和景致，均由南通的土地权威发布。

一、小镇故事多

范仲淹和骑岸镇

骑岸镇是骑在“皇岸”上的镇。一千年前，这里是一湾美丽的马蹄形海滩，为抵御海潮，北宋著名政治家范仲淹，于公元1023年率领民工在此围筑了捍海堰，始称“皇岸”，后人尊称为“范公堤”。

范公堤筑成后，常有盐民过往，渐渐商贾徙及。至串场新河通此，则运盐民商云集其间，店肆栈铺鳞次栉比，盐粮百货集散繁荣，庶望迁临聚居成镇，遂名骑岸镇也。

骑岸镇风景秀美，民风淳朴，地理位置优越。随着南通城市建设不断加快，骑岸正在建设成为南通绕城高速串联北沿江高铁和南通新机场的交通枢纽，加速融入上海九十分钟经济圈，接轨世界。

1996年，由通州人民政府筹建，南通新华建筑集团捐助、设计并承建的范仲淹纪念碑在骑岸镇南街古皇岸（范公堤）遗址旁落成。纪念碑正面镌刻着范公千古名句“先天下之忧而忧、后天下之乐而乐”，背面镌刻古隶金字《范仲淹塑像志》。范仲淹立体塑像由南京师范大学美术系设计、制作，像高7.56米，雄伟壮阔，是骑岸镇的形象标志。

文天祥与渡海亭

南宋德祐二年，元军包围了南宋京城临安，文天祥出使元营被扣，但大义凛然，坚决不降。后文天祥乘元军看守松懈逃出虎口。南宋朝廷误以为文天祥已降，下令抓捕，但他仍怀“归江南见二王，伸报国之志”之心，改名换姓，取道高邮、泰州至通州渡海南归。

文天祥在通州逗留了二十余天，三月十八日夜宿石港，十九日至卖鱼湾，因海水退潮于二十日乘船离开，后人在其登船出发的地方卖鱼湾修建了渡海亭，以示纪念。

渡海亭始建于石港镇东十五里揣度的卖鱼湾旧址，后遭损毁。1915年，经南通县知事储南强倡议，在原址附近的杨家环重建。亭中立石碑，正面镌有张謇书写的“宋文山渡海亭处”七个大字，背面镌刻张謇撰写的《渡海亭记》。抗战初期，遭强台风所毁，残碑被南通博物院收藏。

1983年，为纪念文天祥殉难七百周年，由南通县人民政府拨款，在五总成人教育学校内再度重建，亭内石碑正面楷书：“宋丞相文山渡海处”，背面镌刻“重建渡海亭记”。

文天祥的故事为家乡人民千古传颂。“人生自古谁无死，留取丹心照汗青”“天地有正气，杂然赋流形”的品格和气节，更激励塑造了一代又一代的人。

石港古镇

石港，别名渔湾、石渚，南北朝时，这里只是一个小小的渔村，唐初兴修水利时在此挖出了一个石碣，上面刻有“凤凰所栖，乃是宝地，石港新开，幸福万代”，自此，这里便又有了一个“凤凰宝地”的称号。

唐太宗李世民为传说所动，拟巡视宝地，命尉迟宝林在石港修建行宫，后因故未能成行，遂将行宫改为佛寺，称“广慧寺”。寺内藏有珍贵的古佛经，因此吸引了大批僧侣信众前来朝拜。石港曾因七十二个半寺庙而闻名，佛音袅袅，佛禅兴盛，因此又得了一个别名叫“小佛国”。

南唐初，石港即为“静海都镇制置院”五处要塞之一。宋代为著名盐场。明正德年间，石港冠“通州盐场之首”。

明清以后，随着社会、经济、文化的不断发展繁荣，“渔湾十景”绘就了古镇昔日繁盛的画卷。但几经沧桑潇然湮灭，唯美丽而神奇的传说，承载着小镇深厚的文化底蕴和悠久的文明历史。

漫步石港古镇，古树、古桥、古庙触目可见，两条南北、东西向的大街，皆以石铺就，条石为纲，再在两侧镶嵌碎石。徜徉在这老街上，仿佛穿越时光隧道，思绪不自觉地游走，不知除了自己还有谁曾在这里留下足迹?

范仲淹任泰州盐官时，在此修筑了通、泰、海三州捍海堰，文天祥夜宿石港，留下了《石港》《卖鱼湾》《即事》三首诗篇，现在石港中学内，还藏有白居易、居雨十、陈邦栋等二十四位历代诗人的题词，笔墨之林尽显悠悠古韵。

石港，人杰地灵，人文荟萃，凤集鸾翔。文人墨客代不乏人，成就了闻名遐迩的民间文化艺术之乡。其四大特色文化盆景、戏剧、武术和书画，更是久负盛名，长盛不衰。

十总店和十总镇

清朝中叶，范公堤外骑岸镇东的“灶里”（即以海水煎盐的盐灶以西）一线，农业生产已初具规模，开发垦种如火如荼，骑岸镇、金沙镇的小商小贩便来南北马路和十总车路的交叉口搭棚建屋、摆摊设点。后布店、粮店、杂货店等不断开张，门店多了，人们便称此地为“十总店”了。

早在大革命时期，中国共产党就在十总播下了革命火种，1927年成立的二窎农民协会是南通县最早的农民协会。1940年梁灵光奉命在北新桥成立南通县抗日民主政府，因斗争形势需要，县政府先后驻于十总的二窎、双墩、张沙等地。解放战争中，十总人民掀起大参军、大支前运动，为全国解放作出了重要贡献。

新中国成立后，1961年成立十总人民公社，1983年改为十总镇，至2015年南通市通州区行政区划调整后，现在的十总镇，已是合并了史上骑岸镇、岸西乡、五总乡、二窎乡等乡镇的拥有133平方公里土地和8.41万人口的通州北部重镇。

近年来，十总镇焕发着青春，先后获得了国家级生态乡镇，江苏省村庄环境整治工作先进集体，南通市文明乡镇、南通市法制乡镇等光荣称号。

“金盆月”大方柿

康熙年间，货郎张小六千里迢迢走州过府，偶得外地柿子优良品种，带回与本地优质柿树嫁接，从而培育出一种地方特色的柿树新品种。其所产柿子果大饱满，果肉细腻，肉囊醇厚，浆多味美。因整体略呈方形，又以骑岸镇张家沙一带所产的“大方柿”品质最好，故名“骑岸大方柿”，雅名“金盆月”。

1922年，适逢中国科学社第七次年会在南通召开，著名实业家张謇先生在南通博物院的水榭举办了一个“金盆月”鉴赏会，梁启超、杨杏佛、竺可桢、陶行知等专家名流品尝以后交口称赞，即席联咏，深为“金盆月”所折服。“骑岸大方柿”从此名闻遐迩。

清代举人陈昌鼎曾赋诗咏叹：“骑岸金盆月，江淮众口夸。方平戴翡翠，通体浆朱砂。滋燥润肠胃，甘醇溅齿牙。中秋有此物，何必觅其他？”

改革开放后，十总镇人民政府十分重视地方名产品的保护和发展，特邀请南京高校的专家考察指导，进行技术培训，并成立了“果树研究会”，建立了骑岸大方柿育苗基地，种植面积也迅速扩大。“骑岸大方柿”是通州区获得的首个农产品地理标志。

建筑之乡

2020年，南通市GDP首破万亿，同年，南通建筑企业的总产值亦破万亿，可以理解为南通建筑人在全国各地创造GDP。2020年，全国共有三十六家建筑企业进入“全国民营企业五百强”，南通占了十席。作为一个地级市，南通现有特级资质建筑企业二十四家，占全省的３０％，建筑业产值占全省的２５％。

南通建筑业历史悠久，能工巧匠辈出，民国建筑大师陶桂林承建的中山陵和远东第一大厦上海国际饭店打响了南通建筑的品牌。新中国成立后，南通建筑铁军的足迹遍布神州大地和全球数十个国家，从人民大会堂到奥运会鸟巢体育馆，从港珠澳大桥到上海浦东机场，从世界第一高楼迪拜哈利法塔到南极中山科考站，南通建筑人以自己的聪明才智和辛勤汗水，树起了南通建筑一座又一座的丰碑。截至2020年，南通建筑铁军获得的中国建筑业最高奖项“鲁班奖”已高达一百十五个，在全国遥遥领先。

现在，南通建筑大军已发展到一百多万人，每四个南通人中便有一个从事与建筑有关的工作，建筑业无疑是南通经济的第一支柱产业，有力地支撑了南通经济的快速发展和社会的繁荣稳定。

江苏通州四建集团的前身是始创于1966年的石港瓦木工会，历经七十年的风雨历程，现已发展成为拥有建筑工程施工总承包特级资质，年产值超百亿的大型企业集团。集团董事长邵亚新先生系笔者高中同学，受家乡历史文化浸染，宽容谦厚，自强不息，秉持以道为先、以人为本思想理念，带领企业屡创辉煌，更塑造了一代新儒商的新形象。

二、小城竞风流

天宁寺和寺街

南通天宁寺，初建于唐朝咸通年间，已有一千多年的历史，比通州建城还早近百年，因此，南通素有“先有寺，后有城”之说。

天宁寺历经唐宋元明清多朝，曾是南通九大寺之首，素有“一州伟观”之誉。寺内一口两米多高的大铜钟，撞击时发出“紧十八、慢十八、不紧不慢又十八”的“古寺钟声”，以其独特声韵被入列“崇川八景”。

天宁寺脚下，有一条南北走向的不到六百米长的古街，叫寺街。寺街由紫红色的五山碎石铺就，其间纵横交错着数条狭长老旧的巷子，白墙浸染了岁月的尘埃，屋檐上青苔点点，似从历史穿越而来，见证着古城悠久且繁盛的画卷。

以寺街为中心的不到0.25平方公里的通州老城区，是胡长龄、李方膺、范曾、袁运甫等古今名人的祖居地，此地惊现了诗文传世十三代的范氏和“一门两进士”的袁氏家族。这里也是江泽民同志儿时生活过的地方，集中了辛亥革命南通总司令部、红十四军秘密联络点等六个革命遗址和史白、钱素凡、江上青等十个革命烈士故居。张謇先生在此创办了南通中学、通州女子师范学校，培养了众多国之栋梁。从这片土地上走出来杨乐、李大潜、保铮等二十四位两院院士和范曾、江村、顾乐夫、白作霖、冷冰川等二十五位世界级文化艺术大师以及林莉、赵建华、李菊等十多位世界冠军。正如江泽民同志为南通中学所题词：“百年通中，英才辈出”。

五公园

在南通，五山公园和五水商圈妇孺皆知，而五公园的地理文化符号却被人们以“文化宫”和“少年宫”所取代，其实也反映了新旧两个时代，南通的城市形态由消费型转向生产型的历史变迁。

五公园是20世纪20年代兴建的最具南通地域特色的园林景区，依傍于西南濠河，堤桥相接，亭阁相连，湖光相映。

北公园位于西南濠河北侧，西式建筑小巧玲珑，格调典雅，与流水、木桥、垂柳相映成趣，新中国成立后辟为“劳动人民文化宫”。

东公园内建有晚翠春红馆与帘静瓯香榭，宁静而雅致，20世纪初为中国影片制造公司所在地，20世纪80年代为南通市人民银行，院内最西边紧邻濠河的一幢三层小楼即为笔者的集体宿舍。

南公园倚水而建，清溪环绕，花木葱茏，园内的千龄观为张謇七十寿辰而建，二十多位年逾古稀之社会名流年前来道贺，年龄相加计一千五百岁，故名千龄观。

西公园垂柳桃木环绕，春日里桃红柳绿、桃李春风，公园西侧的桃坞路旧时为南通的经济文化中心，通崇海泰总商会大厦、南通俱乐部、更俗剧场、桃之华馆和江苏银行等均建于此。20世纪80年代，通崇海泰总商会大厦为中共南通市委所在地。

中公园居四公园之中央，四面环水，层楼叠榭，错落有致，旧为南通自治会议处，新中国成立后改为少年宫。

2021年扬州世界园艺博览会开幕，以弘扬江海文化精神，展现南通人文底蕴，充分体现五公园艺术传承的“江风海韵，五园新语”南通园精彩亮相，荣获了造园艺术特等奖的第一名。

唐闸古镇

一百年前，张謇先生秉持“父教育，母实业”的兴国理念，在南通一个叫唐家闸的地方建工厂、办学校、修公路、造公园，一座新兴工业重镇在美丽的通扬河畔从此诞生。唐闸，堪称我国近代工业遗存及社会公益发展的活化石，被两院院士吴良镛先生誉为“中国近代工业遗存第一镇”。

岁月浮沉，百年沧桑，如今的唐闸古镇已经褪去昔日的光芒，但其悠悠古韵和文化积淀，经过岁月的沉淀却愈加香浓。

这里有南通大生纱厂、复兴面粉厂、资生铁冶厂、大生织物公司、大达内河轮船公司、泽生水利船闸公司、大达公电机碾米公司等一系列近代工业及规模庞大的储运设施遗存。经保护修缮，在原通城纸厂和广生油厂的旧址上，创建了集中展览近代工业遗存的1895文化创意产业园，参观、瞻仰的游客络绎不绝。

大生纱厂的东工房、南工房等工人宿舍，改造成了风格各异的旅馆、民宿，百年老工房与清新园林小品相得益彰，笔墨飘香。通扬运河两岸西洋风格的商业建筑及高门大院的传统民宅，被开发为“唐闸印象”的旅游项目，成了集遗产博览、休闲游憩、品质度假的综合性休闲街区。百年前的医院、戏院、公园、码头、船闸等社会公用设施也修缮一新，再现光华。

通州女校和博文女校

通州女子师范学校旧址为南通市柳家巷15号，是我国近代教育的重要历史遗存，也是江泽民同志儿时故居，现被列为重点文物保护单位。

通州女子师范学校始建于1905年，由张謇协其兄张詧夫妇共同出资创办。女校以培养小学、幼儿园师资为目标，除设国文、算术、历史、地理等普通课程外，还设有音乐、舞蹈、图画等艺术类课程，另特设缝纫、刺绣等课程以资家政培训。学制为五年，即预科一年，本科四年。后经数年发展，民国初年便已形成了以师范教育为主干，附设附属小学、幼儿园、女红传习所等的综合办学模式，建立起包括师范本科、预科以及高小、初小的教育体系。

博文女学建于1916年，由民国才女黄绍兰创办于上海法租界，并自任校长，后因经费支绌，不得已停办。经黄炎培介绍，黄绍兰只得屈居通州女师任国文教员，却因此深得校董张詧器重。

1921年，张詧资助其返沪重开博文女校，校舍装修一新以备秋季开学。恰逢中国共产党第一次全国代表大会在上海召开，“一大”代表毛泽东、董必武等十名代表均下榻博文女校，“一大”预备会、开幕式亦在博文女校举行。博文女校因此见证了中国共产党开天辟地的光辉一页，现成为中共“一大”纪念地。

南通长牌

长牌是南通特有的一种牌类游戏，俗称“笃子胡”。因其强烈的地域特色，仅流行于南通地界。

据传，南通纸牌起源于唐朝，起初叫“叶子”，后不断演变成叫“酒令叶子”“数钱叶子”“文钱”“万字”的马吊牌（俗称麻雀牌），清初渐渐定型为现在的南通长牌。

一副长牌共一百二十五张，分别是一至九的条、饼、万各四张，红花、千字、白花各四张，另附加五张百搭即福、禄、寿、禧、财，共计一百二十五张。牌面图案主要是《水浒传》《三国演义》《西游记》及道教中的人物绘画，设计精细美观，极富文化气息。

长牌的玩法很特别，一般是四人围坐下来三人玩。从庄家开始依次是下家和对门三个人先玩，庄家的上家轮空（称为定醒），至下一局，则本局庄家轮空，由其下家做庄。这种设计的科学之处是每打三局便可休息一局，喝喝茶，把娱乐和休闲有机结合起来。

在南通，长牌已经成为人们娱乐生活不可或缺的一部分，只要遇有婚丧喜庆和节假日，打牌娱乐即是约定俗成，既丰富了生活又锻炼了脑力，上至百岁老人下到垂髫幼童，无不喜爱。

可以说，南通长牌蕴含着丰富的文化内涵，隐藏着深刻的人生哲理，承载着厚重的历史传承。如果不懂南通长牌，便一定不懂南通。

教育和文博之乡

1902年，张謇先生在南通创办了我国第一所独立设置的师范学校——通州民立师范学校，与南洋公学附设师范院、京师大学堂附设师范一同被公认为中国师范教育肇始的三大源头，在中国近代教育史上具有极其重要的历史地位。

一百多年来，学校培养了吴亚鲁、刘瑞龙、顾秀莲、袁翰青、严志达等大批优秀人才，学校至今完整地保存着包括胡锦涛同志母亲在内的师院学生的珍贵历史资料，承载了我国师范教育的深厚历史传承。

1905年，张謇在通州师范学校公共植物园创建了我国第一个公共博物馆——南通博物苑，比故宫博物院早了整整二十年，是我国最早的公共博物馆。

承先贤“设为庠序学校以教，多识鸟兽草木之名”的办馆理念，南通先后建成中国珠算博物馆、中国审计博物馆、中华慈善博物馆等一批“国字号”博物馆以及纺织博物馆、沈寿艺术馆、蓝印花布博物馆、风筝博物馆等一批特色博物馆。目前，全市拥有各类博物馆五十多座，被誉为“文博之乡”。尤其是十四座坐落在濠河沿线的博物馆形成环濠河博物馆群，荣膺文化部、财政部公布的“第一批国家公共文化服务体系示范项目”，成为南通一张靓丽的城市名片。

2020年11月12日，习近平总书记视察了南通博物苑并作了重要讲话，希望把南通博物苑和张謇故居作为爱国主义教育基地，让广大民营企业家和青少年受到教育，增强社会责任感，坚定“四个自信”，为实现中华民族伟大复兴的中国梦而努力奋斗。

三、不废江河

陈实功与《外科正宗》

陈实功，明代医学家，少年时便师从名医李沧溟，后继承并发展了其医学成就。他认为“内之症，或不及其外，外之症，必根于其内”，主张内外科兼治。他的外科手术尤为突出。

《外科正宗》，是其医学思想的集中体现。从外科大部分疾病的根源、诊断到临床症状和特点，从各种病症的治疗方法到手术适应证、禁忌等都作了详细的论述。其对瘤肿疾病也有深刻的认识，对乳岩、翻花疮、茧唇、颈疮、鼻咽及内脏等瘤肿，均有较为详尽的论述。他认为忧郁、心所愿不志以及不良刺激等因素，都是这些疾病产生的重要原因，显著提高了中医对瘤肿的认识。其中下颏骨脱臼的治疗整复手术，一直沿用至今。

该书从明万历四十五年(1617)始，至民国十年(1921)，三百余年间先后发行石印、铅印本五十余种，并流传到日本等国，成为中医外科的经典著作，在中国中医外科古籍中，以“列症最详，论治最精”而著称于世。

陈实功不但医术高明、医德高尚，且乐善好施、造福一方，南通南门外濠河上的长桥便是他为方便百姓通行而出资修建。后人在长桥下濠河岸边树立了陈实功雕像，以示纪念。

李渔与《闲情偶寄》

李渔，如皋人，明末清初文学家、美学家、戏剧和戏剧理论家。因科举失利而放弃了仕途腾庭之路，娶妻纳妾买婢姬，后以乔王二姬为台柱设家戏班各地巡演，从而积累了丰富的戏曲创作、演出经验，创立了较为完整的戏剧理论体系。

其戏曲论著《闲情偶寄》从结构、词采、音律、宾白、科诨、格局六方面论述戏曲文学，以选剧、变调、授曲、教白、脱套五方面论述戏曲表演，是我国第一部系统的戏剧理论著作，中国戏剧美学史上的一座丰碑。

《闲情偶寄》还论述了歌舞、服饰、修容、园林、建筑、花卉、器玩、颐养、饮食等艺术现象和生活现象，以独特的见地阐述了自己独到的理解和见解，表现了作者超凡的艺术领悟力和无限的生活情趣，被列为“中国名士八大奇著”之首，是我国第一部休闲文化专著。

不同于一般知识性读物，《闲情偶寄》奇文妙论，清新隽永，幽默风趣，旁引曲譬，规正风俗，读后留香齿颊，余味无穷，感染并影响了周作人、梁实秋、林语堂等一大批现代散文大师，开创了现代生活美文之先河。

李渔一生著述五百多万字，流传下来的戏曲有《比目鱼》《凰求凤》《风筝误》等十九种，其戏剧作品故事新鲜，情节奇特，语言生动，寓教于乐。除了创作他还编辑出版了《三国演义》《水浒全传》《西游记》《金瓶梅》等大量通俗文学作品。其创办的“芥子园书铺”后来成为中国出版史上为数不多的“百年书铺”。

沈寿与《雪宧绣谱》

沈寿原名雪芝，字雪君，号雪宧，出生于苏州一个古董商的家庭。其父强习书史，酷爱文物字画收藏，给了她丰富的艺术熏陶。苏州刺绣素负盛名，雪芝幼小便对苏绣艺术产生了浓厚的兴趣，七岁弄针，八岁学绣，加之天资聪颖，潜精研思，虽豆蔻年华，却已神功妙力，丹青过实。

慈禧太后七十寿辰，朝廷谕令各地进贡寿礼。雪芝以《八仙上寿图》和《无量寿佛图》进献，慈禧大加赞赏，称为绝世神品，除授予四等商勋外还亲赐“寿”字，从此沈雪芝更名为“沈寿”。

1914年张謇创办女红传习所，先后五次盛邀沈寿来南通执教，沈寿为先生的真诚所动，来南通任女红传习所所长。

沈寿在南通“授绣八年，勤诲无倦”，不幸积劳成疾，张謇特派专轮赴上海延请名医为其医治。后经沈寿口述，张謇为其整理了《雪宧绣谱》一书，他在绣谱序中写道：“积数月而成此谱，且复问，且加审，且易稿，如是者再三，无一字不自謇书，无一语不自寿出也。”作为前清状元、民国时期叱咤风云的实业家、教育家和政治家的张謇，足见沈寿在其心中的地位。

《雪宧绣谱》是我国第一部系统总结苏绣艺术的专著，在理论上详细总结前人的针法，填补了我国刺绣针法研究的空白。该书首次研究了西洋油画的光与影在中国刺绣艺术实践中的运用，并详细阐述了其独创的仿真绣的艺术理论和艺术特色。1920年由南通翰墨林书局出版发行。

江谦与南大校歌

1902年，张謇创办了我国第一所师范学校——通州师范学校，邀江谦担任校长。江谦本以“知行合一”熏陶学生，以“能耕能学”倡俭朴学风，辑“两汉学风”，传“明德新民”之教。

1914年，江谦被任命为江苏省教育司司长。同年，在前两江师范学堂旧址上筹办南京高等师范学校，江谦亲任校长。其在任时，提倡“三育并举”，注重德、智、体全面发展，同时主张“启发式”教育，重视培养学生的自学能力。

1915年，李叔同应江谦之聘兼任南高师国画音乐教授。次年，由江谦作词、李叔同作曲的《南京高等师范学校校歌》应际而生，词曰:“大哉一诚天下动，如鼎三足兮，曰知、曰仁、曰勇。千圣会归兮，集成于孔。下开万代旁万方兮，一趋兮同。踵海西上兮，江东；巍巍北极兮，金城之中。天开教泽兮，吾道无穷；吾愿无穷兮，如日方暾。”

江谦积深厚的国学功底，怀一腔爱校之热忱，写作了这首骚体歌词，充分体现了其教育理念，同时点出了特殊的历史文化背景，气势巍峨，文辞流畅，自有大家风范，令人心潮澎湃、热血沸腾。李叔同的谱曲更是云起雪飞、珠落玉盘，浑厚而有力，朴实而悠扬。

2001年，这首老校歌被南京大学定为校歌，至今被南大学子传唱，延续了近百年的薪火和文脉 。

“大圣菩萨”僧伽

南通狼山为佛教八小名山（南通狼山、南岳衡山、中岳嵩山、江西庐山、滇西鸡足山、浙东天台山、陕西终南山和北京香山）之首，山上的广教寺是大势至菩萨的道场，其开山祖师便是僧伽。相传，僧伽乃“大势至菩萨”的化身。

《悲华经》中说，过去有个转轮圣王，大太子是观世音菩萨，二太子是大势至菩萨，三太子是文殊菩萨，八太子是普贤菩萨。后来转轮圣王修行成佛，即西方极乐世界阿弥陀佛，观世音和大势至成为父亲的左右胁侍，并称“西方三圣”。狼山位列八小名山之首，可能和大势至菩萨的地位有关。

僧伽和唐玄奘是同一时代人，玄奘去西天求取真经的时候，僧伽正从西域一路东行到大唐传法。他走遍了大半个中国，一路治水抗灾，医病救人，普度众生。唐中宗尊其为国师，宋太宗加封僧伽“大圣”谥号，后世尊他为“大圣菩萨”。清同治帝写赐了“功昭淮海”的匾额于狼山广教寺中，因此，广教寺也成了“大势至”和“大圣”两位菩萨的共同道场。

景龙四年三月三日，僧伽大师于长安荐福寺示寂，世寿八十三岁。僧伽遗体自长安荐福寺回归泗州普光王寺建塔供养之后，仍灵异感通层出不穷。

青莲居士李白尝为之作《僧伽歌》，云：“真身法号号僧伽，有时与我论三车。问言诵咒几千遍，口道恒河沙复沙。此僧本住南天竺，为法头陀来此国。戒得长天秋月明，心如世上青莲色。意清净，貌棱棱，亦不减，亦不增。”

第八章 我到哪里去

月落林梢

红黄碧绿是谁成，
会得无不合天真。
祇这一株惊被梦，
令知大地百花新。

记得小学时候上过一门叫“常识”的课，其实讲授的是科普知识，但是后来发现，世界上确有一些现象很难得到科学的解释。

我喜欢阅读，更喜欢联想，从联想到幻想，从幻想再到奇幻。一次读到一篇文章，杨振宁说，物理的尽头是哲学，哲学的尽头是宗教。这令我想起了牛顿，大家知道牛顿的后半生是研究神学的，现代人皆不以为然，为什么呢？他看到苹果往地上掉，因此发现了万有引力，他试图证明一下上帝的存在，不对吗？

中国自然辩证法研究会科学传播与科学教育委员会主任、清华大学科学史系主任吴国盛说，康德才是科学哲学的真正基础。

康德认为，宇宙是不能纳入科学理性范围的，科学理性是一种知性思维，是有限的、有框架的，而自由意志是更广阔的存在，属于实践理性，不是科学思维研究的对象，要用伦理学来研究。因此，后人说康德为科学划定了地盘，为上帝留有余地。

科学家和哲学家在认识论上是存在明显差别的，但他们的思想无不闪耀着的光辉。同时又不得不承认，人类对世界的认识主要还是基于经验的总结、推论和猜测，还有许多问题尚未得到确切的答案。

曾任清华大学生命科学院院长、副校长的中科院院士施一公先生讲到，人的嗅觉、味觉和触觉所能感知的加起来只有六百种蛋白质，听觉是靠声波，没有空气的振动就没有声音。人类最主要的感知是靠视觉，但色膜对电磁波的感受波段非常窄，仅仅在390至600纳米之间。诺贝尔奖得主的研究发现，蜜蜂可以看到近紫外和远紫外（10纳米），金鱼可以看到近红外和远红外（1000微米），但人却看不到。同样，蝙蝠、大象等动物可以听到的超声波和次声波，人也听不到。因此，人对世界的感知是极为有限的。设想一下，世界上若是存在比眼膜和中耳更高级的构造，是否能感知更多的事物呢？

科学研究还表明，能看到物体，是因为物体本身发光或对光有反折射。但科学家预测，宇宙中85%的物质是对光没有反折射的暗物质，只有重力但没有电磁力。施先生讲到，成吨的暗物质从人的身体穿身而过，但人却毫无感知，因为暗物质没有电磁力，和人体没有相互作用。

这就是说，在人类的感知以外是有物质存在的。那么人们不禁会问，这些物质组成的世界是无序的吗？还是像现实世界一样，存在具有一定组织的、遵循一定规律的系统活动呢？人类所能够感知的现实世界和这些活动毫无联系吗？

除了受客观因素限制，人类认识还为思想方法所局限。很多时候，人们可以接受有形的、短周期可重复的运动及其规律，但不敢承认无形的、长周期重复的运动的客观性，因为对历史存在的合理性存疑，从而过度强调事物的可验证性，往往制约了思想的高度。

古代文明累积千百年实践，人类应该是形成了一定的认识论基础。我们可以推测，传统文化、宗教的形成，虽然没有科学根据却可能有一定的实践依据。如果按照康德的观点，这些历史实践案例均不是科学研究范围，无需科学来回答，当然也毋庸科学为其定义为巧合了。

事实上，所有的巧合，人们都没有证明过巧合的事物之间是没有联系或因果关系的，只是我们认定它们之间没有。

如果以我的认知来推测，人类有可能只是一个非常庞大复杂系统中极小局部的运行组成，这个系统或极小局部有可能是被管理的，当人们无法认识这个管理源的时候，就将其称之为“上苍”或“上帝”。

在我的经历中，出现过很多次巧合，令我十分惊诧，绝大多数跟意志有关，而且这些高度巧合都可以给你一些联想，貌似有一定的因果关系。因此，我认为意识和物质运动之间是存在某种联系的。

人类对世界的认识是非常肤浅的，科学和理性对世界的认识只是看世界的一只眼睛，或者说犹如盲人摸象，我们承认对局部世界的认识可以造福人类，但并不改变仅仅是局部认识。

人们在很多现象无法解释的时候，便将其统称为巧合，其实是人们不愿意承认，人类的感知系统无法全面感知世界的大部分事物及其运动规律这一事实。人们总是根据能不能看得到或摸得着，将世界分成物质和意识，但我认为，两者的区别仅仅在于物质可以为人类的五官所感知，而意识仅为大脑所感知，正如眼睛能看到的耳朵却听不到一样，其实都是物质，只是其属性不同而已，世界应该是一个统一的整体。

人类的感知是有时间和空间范围的，但并不能说这个范围之外就没有存在了。更广阔的存在是什么呢？康德认为，要用伦理学来研究。因为你无法感知，当然无法依赖观测和实验了，只有根据已经获得的感知来推测。

千百年来，人们坚信灵魂的存在和不灭。仅仅到了现代，人们才普遍接受了科学对传统的否定，应该说科普功不可没。

科普教育抓得早，在孩子很小的时候就开始了，其内容又多为人们可以感知和验证的基本认识和基本规律，所以很容易被接受。人们的世界观，相当一部分在中小学时代便基本形成了。

从科学理性看，科普其实只能普及有，宣扬已经为人类所发现的规律，对尚未为科学所揭示的未知，并不能判定其无。科普同样应该普及科学的由来、局限、科学争论，包容不同的科学思想。

我认同这样的观点，在人们感知的时间长度、眼睛看得见的空间范围内，人是要死亡的，但从更广阔的时空来看，死亡不是结束，只是一个里程碑。

人生几十年，对先祖要尊敬。先祖先行重生，后人必将追寻而去。在中国所有的传统信仰中，最普遍、最虔诚的信仰就是先祖崇拜。

人生几十年，要尊重哲学、宗教和传统文化。千百年的传承定然闪烁着文明的光芒。

人生几十年，是灵魂的成长。皮囊只是一茧，唯有高贵而纯洁的灵魂，破茧以后才能成为蝴蝶，飞越红尘，飞向自由。

因此，当我老迈的时候，病魔缠身的时候，请让我有尊严地离去。亲人和朋友们，请为我祝福，我已脱胎换骨，破茧而去，开始了新的生命。

也许，你邂逅了一只美丽的蝴蝶，那就是我。

后　记

月亮，隐约给人以一丝忧伤，但也寄托了人们无限美好的情思和遐想。届退休之龄，《月落林梢》终得和大家见面，了却了多年的心愿，也收获了无比的快乐和满足。

常言道，百味人生。简单的文字书不尽生活的酸甜苦辣和世间的恩怨仇情。高光只是瞬间，跋涉才是永远，唯有跋涉时俊朗的笑容，符合我们的品格特质和时代特征。

感谢南京出版社，感谢出版社的老师悉心指导，成就了我的文质彬彬，捍卫了我的生命尊严。

感恩每一个相遇，你们都是我生命中的浪花，我心中的月亮。感谢你们的关心牵挂，为我的生命提供了支撑，为我的写作提供了素材。

感谢每一位朋友，在我快乐的时候给我掌声，在我忧伤的时候给我安慰，在我彷徨的时候给我鼓励，是你们的热情和真诚鼓起了我的勇气，激发了我的灵感，增添了我的力量，从而成就了本书。

在本书的写作过程中，一度以“月落乌啼情满天”为名，试图以退休之人之悠闲，歌咏人间“情”事，不想为“60后”的同学们所力挺，说是写出了诗意和情义，但我还是更喜欢“40后”“50后”前辈们普遍认可的“月落林梢”的文气和清朗。

本书成稿时，原意保留诸多摄影作品以凸显当时的写作情境。但后因时代久远且复原技术有限，最终仅精选了8幅佳作，为的是保有对历史的庄重感和传承的敬畏心。

感谢高明芝先生，让我在“朝花夕拾”的聊天记录里我无偿使用他已发表和尚未公开发表的诗词。

感谢管耘园先生为本书题图以及他的中肯建议。

感谢丰坤武教授以及范蔚东、章为国、陈维光、李柏松、冯建华、郭宝军、姚旭、姜小国先生的宝贵意见和大力协助。

感谢我的母亲、妻子、女儿和外孙女。

感谢所有关心和支持我的人。

丁杰

2023年9月26日